徳間文庫

婿殿開眼七

郷里にて

牧 秀彦

徳間書店

目次

【主な登場人物】

笠井半蔵《かさいはんぞう》　百五十俵取りの直参《じきさん》旗本。下勘定所《しもかんじょうしょ》に勤める平勘定。

佐和《さわ》　笠井家の家付き娘。半蔵を婿《むこ》に迎えて十年目。

お駒《こま》　呉服橋《ごふくばし》で煮売屋『笹《ささ》のや』を営む可憐な娘。

梅吉《うめきち》　『笹のや』で板前として働く若い衆。

矢部駿河守定謙《やべするがのかみさだのり》　新任の南町奉行。

梶野土佐守良材《かじのとさのかみよしき》　勘定奉行。半蔵の上役。

高田俊平《たかだしゅんぺい》　北町奉行所の定廻《じょうまわり》同心。半蔵と同門の剣友。

鳥居耀蔵《とりいようぞう》　目付《めつけ》。

近藤周助邦武《こんどうしゅうすけくにたけ》　天然理心流《てんねんりしんりゅう》三代宗家。

浪岡晋助《なみおかしんすけ》　浪人。天然理心流の門人。半蔵と俊平の弟弟子。

孫七《まごしち》　下勘定所の雑用係。忍者の末裔《まつえい》。
三村右近《みむらうこん》　南町奉行所の見習い同心。左近の双子の弟。
三村左近《みむらさこん》　右近の双子の兄。
増田蔵六《ますだぞうろく》　天然理流の第一人者。千人町に道場を構える。
松本斗機蔵《まつもとときぞう》　蔵六と同じく千人同心の組頭。重い病にかかっている。
おきぬ　半蔵の昔馴染《なじ》み。松本《まつもと》家に奉公している。
権太《ごんた》　働き者の中間《ちゅうげん》。
斎藤弥九郎《さいとうやくろう》　練兵館の道場主。

【単位換算一覧】

一尺《しゃく》（約三〇・三〇三センチ）　一寸《すん》（約三・〇三〇三センチ）　一分《ぶ》（約〇・三〇三〇三センチ）　一丈《じょう》（約三・〇三〇三メートル）　一間《けん》（一・八一八一八メートル）　一里《り》（三・九二七二七キロメートル）　一斗《と》（一八・〇三九一リットル）　一升《しょう》（一・八〇三九一リットル）　一合《ごう》（〇・一八〇三九一リットル）　一勺《しゃく》（〇・〇一八〇三九一リットル）　一貫《かん》（三・七五キログラム）　一斤《きん》（六〇〇グラム）　一匁《もんめ》（三・七五グラム）　一刻《とき》（約二時間）　半刻《はんとき》（約一時間）　四《し》半刻（約三〇分）　等

第一章　思い出の地へ

一

　その日、笠井半蔵《かさいはんぞう》は甲州街道を西へ向かっていた。

　目指す先は八王子《はちおうじ》。十代の日々を過ごした思い出の地。着いて早々に抜き差しならぬ事態に巻き込まれるとは、まだ夢想だにしていない。

　そんなことより、半蔵が気にしているのはこの暑さ。

　天保《てんぽう》十二年（一八四一）の八月も半ばを過ぎ、陽暦では十月に入ったのに陽射しはキツい。秋の陽は街道を往《ゆ》く旅人たちに容赦《ようしゃ》なく、ぎらぎら照り付ける。鍛えた体には何ほどのこともなかったが、同行の佐和《さわ》には辛《つら》いはずだ。

　半蔵は足を止めて振り返る。案の定、妻は少し遅れていた。

「大事ないか、佐和？」

「はい、お前さま」

「休みたくば、いつでも申すのだぞ」

「ご心配には及びませぬ。早《はよ》う先へ参りましょう」

日除《ひよ》けの笠の下から答える声は気丈な響き。まだ大丈夫そうである。

ひとまず安堵《あんど》し、半蔵は再び歩き出す。

野袴《のばかま》を穿《は》き、脚絆《きゃはん》を巻いた足の運びは力強い。

それにしても、暑かった。

旅先でどしゃ降りに遭《あ》っては難儀だが、日照りが続くのも困りもの。

（そろそろひと雨欲しいな……）

半蔵はぎらつく空を振り仰ぐ。

炎天下では笠も気休めにしかならず、精悍《せいかん》な顔は汗まみれ。とめどなく流れる汗は打裂《ぶっさき》羽織の背中にまで染み出し、仕立てが細身の野袴は腿《もも》に張り付くほど、ぐっしょりと濡れていた。

これほど汗を掻《か》いていながら、半蔵は歩みを止めようとしない。

一刻も早く、目指す八王子に着きたいのだ。

八王子は半蔵にとって、第二の故郷とも言うべき地。実家から捨てられたも同然の境遇だけに、無二の拠《よ》り所と呼んでもいい。

目的地が近付くにつれて、記憶に残る風景も増えてきた。

昨日は府中《ふちゅう》で草鞋《わらじ》を脱ぎ、朝は夫婦揃って大國魂《おおくにたま》神社に参拝した。参道の銀杏《いちょう》並木は黄色も鮮やかに色づき、秋晴れに映える枝振りが見事であった。

その足で甲州街道を西へ辿《たど》り、滾々《こんこん》と湧き出る泉水も有名な谷保《やほ》村の天満宮《てんまんぐう》に立ち寄って、門前の茶屋で早めの中食《ちゅうじき》を済ませた。

見るもの聞くもの、すべてが懐かしい。

胸を弾ませ、半蔵は歩を進める。

ずんずん歩いていくうちに、草の匂いが強くなってくる。

草いきれ――日照りに負けず、青々と茂る雑草の香りだ。

自然のたくましさを感じさせる、少年の頃から慣れ親しんだ匂いだった。

程なく、行く手に多摩川が見えてくる。

「ふっ……」

吹き寄せる風を頰に感じ、半蔵は目を細める。

小さな渡し場の先は、見渡す限りの広い川面。

江戸で見慣れた大川や神田川とはまた違う、野趣を感じる流れであった。剣術修行と野良仕事の合間に村の少年たちと誘い合って足を運び、水遊びや魚釣りに興じたのも懐かしい。

生まれこそ江戸の築地《つきじ》だが、半蔵は八王子育ち。

養い親も同然だった恩師は亡くなって久しいが、その後に面倒を見てくれた人々の多くはまだ存命している。

まとまった休みを取ることを許され、久方ぶりに第二の故郷を訪れるからには旧交をしっかりと温めねばなるまい。

（過日に参った折は碌《ろく》に挨拶《あいさつ》もせず、不義理をしてしもうたからなぁ……）

胸の内で反省しながら、半蔵はずんずん足を進める。

と、背後から佐和の声。

「い……今少し、ゆるりと歩いていただけませぬか……お前さま……」

先程までとは一転し、何とも弱々しい。

もはや限界。そう訴えたげな声だった。

「しっかりせい、佐和っ」

半蔵は慌てて向き直り、菅笠の縁を持ち上げる。

「た、大したことはありませぬ……ほんの少々、疲れてしもうただけにございますれば……」

少々どころではなかった。佐和の美しい顔は汗まみれ。呼吸も苦しげで、無理をしているのは一目瞭然。

「しっかりせい」

半蔵は佐和の肩を支え、近くの茶店に連れて行く。

夏さながらの暑さのせいで売れるらしく、井戸で冷やした麦湯が置いてあったのは幸いだった。

ひとまず麦湯を飲ませて落ち着かせ、長床几《ながしょうぎ》に仰向《あおむ》けにさせる。

「そのまま、そのまま。楽にしておるのだぞ」

店の親爺《おやじ》に汲《く》んで来させた井戸水で、半蔵は手ぬぐいを二枚濡らして絞る。

一枚は額に載せてやり、もう一枚は畳んで胸元に差し入れる。

もちろん、妻の肌身を人目に晒《さら》しはしない。半蔵は大きな体でさりげなく壁を作り、居合わせた客たちが向けてくる好奇の視線を遮っていた。

佐和の顔色が、次第に良くなっていく。

「どうだ、楽になったであろう」

「はい。とても気分が良うなりました……」

「さもあろう。俺が夏場の稽古で気を失うたびに、先生や兄弟子がこうして介抱してくださったものだよ」

ほっと人心地付いた佐和を見返し、半蔵は安堵した。

半蔵としては安心するばかりでなく、反省もしなくてはならないところだ。

自身の感覚では旅とも呼べぬ、ほんの一跨《ひとまた》ぎの道中も、佐和にとってはよほど辛いものだったらしい。

日本橋から八王子までは、およそ十二里。

四谷《よつや》の大木戸を抜けて内藤新宿《ないとうしんじゅく》、下高井戸《しもたかいど》に上《かみ》高井戸、調布《ちょうふ》から府中、谷保村の先で渡し船に乗って多摩川を越え、日野まで来れば八王子は目前だ。

鮎《あゆ》の時期には土地の漁師が朝捕りしたのを江戸に運び、日暮れまでには戻って来るのが常《つね》だが、それは健脚な男なればこそ可能な話。愛妻に無理をさせるには忍《し》びず、昨夜は府中宿にて一泊したが、遅れを取り戻そうと早足になって佐和に負担を強いていたので、結局は同じこと。

まだまだ気遣いが足りていなかったようである。

「旅慣れぬそなたを急《せ》かしてしもうて悪かったな。許せよ、佐和」

「こちらこそ、すみませぬ……」

佐和は申し訳なさそうに答える。

新婚の頃にも拝んだ覚えのない、何とも殊勝《しゅしょう》で愛らしい表情である。

「き、気にいたすな」

ぎこちなく答えつつ、半蔵は喜びを噛み締めずにはいられなかった。

本当に、佐和は魅力が増してきた。

見た目のこととは違う。

容姿に関して言えば、以前ほど若々しくはない。

年相応になってきたのが、かえって半蔵にとっては有難《ありがた》かった。

半蔵と佐和は、六歳違いの夫婦である。

文化十二年（一八一五）生まれの佐和は、数え年で当年二十七歳。並外れて気が強いのは陰陽《いんよう》五行《ごぎょう》の占いに照らしても明らかで、佐和の場合は歳《とし》を感じさせぬ美貌の持ち主でもあったため、半蔵はまったく逆らえなかった。

とはいえ、持ち前の美しさを鼻に掛け、威張っていたわけではない。

佐和は旗本八万騎の家中で一、二を争う美女と呼ばれ、今は亡き大御所の家斉《いえなり》公から執着されるほどの佳人だった。

それでいて昔も今も、持ち前の美貌を武器にするのを好まない。

代々の旗本の娘として将軍家を信奉する一方、自ら大御所や将軍の妾《めかけ》になって一族を盛り上げたいとは、考えてもいなかった。

家臣が主君に忠誠を尽くすことと、娘が側室になるのは別の話。そんな手段で家名を上げたところで一家の誉《ほま》れになるどころか、親が無能だから娘を人身御供《ひとみごくう》にしなければ出世もできないという恥ずべき事実を、天下に晒すようなものではないか。佐和は斯様《かよう》に考え、家斉の誘いに頑として応じなかった。

優美でありながら、あくまで堅実。

そんな気性であればこそ、無骨な半蔵を婿《むこ》に迎えたのだ。

山ほど押しかけた婿入り志願の美男子たちを退け、算盤勘定《そろばんかんじょう》が不得手であっても根が真面目な半蔵を婿に選び、一日も早く立派な勘定方になってほしいと願いながら十年間、ひたすら鍛え抜いてきたのだ。

まさに女傑と言うべきだが、しごかれた半蔵はたまったものではない。

つい先頃まで、佐和は半蔵にとって畏怖《いふ》の対象でしかなかった。

類《たぐ》い稀《まれ》な美女には違いないが、これほどきつい女は他にいまい。

半蔵はそんな気分に囚《とら》われて、戦々恐々で毎日を過ごしてきた。

一目惚れして婿入りを決めたはずなのに、佐和のことが恐《こわ》くて仕方がなかったものである。

だが、そんな佐和も近頃は年相応に落ち着いてきた。

夫のすることにいちいち意地を張ったり、むやみに叱《しか》り付けたりせず、穏やかに接してくれるようになりつつある。

強すぎる妻に圧倒され、ずっと小さくなって生きてきた半蔵にしてみれば喜ばしい限りだったが、らしからぬ無理や遠慮はしてほしくない。

身の丈が六尺近い半蔵と違って、佐和は小柄。均整こそ取れているものの脚はさほど長くなく、足そのものが小さいために一緒に歩いていても追いつくのは難しい。以前の佐和ならば辛抱して付いていくどころか初日から激怒し、半蔵を辺り構わずに叱り付け、責め立てていただろう。

しかし、もはや食ってかかりはしない。

八王子への同行は勘定奉行から命じられ、佐和自身の意志で受けたこと。辛いからと今になって半蔵に文句を付けるのは本末転倒であるし、可能な限りは辛抱したい。

斯様に考え、黙って耐えているうちに暑気《しょき》あたりしてしまったのだ。

「もっと早うに、泣き言を申すべきでありましたね……」

人間、変われば変わるものである。
以前であれば矜持《きょうじ》にこだわり、口にできなかったはずの言葉であった。
「重ね重ね申し訳ありませぬ、お前さま」
「佐和……」
半蔵は感無量。
あの烈女《れつじょ》が、こうして弱音を吐いてくれるまでになったのか——。
妻の態度が愛《いと》しい余り、半蔵は思いきった行動に出た。
勘定を済ませ、茶店を出た直後のことだった。
「お前さま!?」
佐和が戸惑った声を上げる。
肩と腰に腕を回され、そのまま一気に抱き上げられたのだ。
半蔵は大きな荷物を持たず、身の回りの小物のみを網目の袋に入れて背負っていた。
両手さえ空いていれば、お姫様抱っこをしても苦にならない。
問題なのは、衆目の中で夫婦が密着すること。
後の時代と違って、世間は男女の愛情表現に寛容ではない。
まして武家の男女には、夫婦であっても節度を保った行動が求められた。

表を出歩くときも必ず前後となり、仲良く肩を並べることなど許されない。

すでに茶店に他の客はいなかったが、ひとたび街道に出れば話は別。江戸の盛り場に及ばぬまでも人通りが終日絶えず、常に見られている。怪我《けが》を負ったり体調をひどく崩した折は例外としても、軽い暑気あたりで夫に抱っこされるとは言語道断。中間《ちゅうげん》や若党といった下僕ならば遠慮も要らぬが、常に敬意を払う対象である夫と気安く接するわけにはいかなかった。

「お、下ろしてくださいませ」

「苦しゅうない」

「なりませぬ、お前さま！」

「良い、良い」

身をよじって恥ずかしがる佐和に、半蔵は優しく微笑《ほほえ》みかける。

いかつい面構《つらがま》えをしているのに、何と可愛い笑顔なのか。

つられて佐和も微笑んだ。

口ばかりか目まで閉じ、黙って身を預ける。

茶店を後にした半蔵の足の運びは、常にも増して力強い。

愛する妻と触れ合う喜びを、改めて噛み締めていた。

（まこと、俺は幸せ者よ……）

この幸せを維持するために、努力が必要なのはもとより承知の上。

努力と言ってもあれこれ気を遣い、妻の機嫌を取ることではない。

武士にとって何よりも大事なのは、代々の役目を全うすること。笠井家の如く男子がいない家へ婿に入れば、実の父親から家督を受け継いだ場合にも増して労を惜しまず、励む心がけが必要だ。

しかし一口に役目と言っても、内容は多種多様。武士だからといって、誰もが戦うことを求められるわけではない。

たとえば笠井家は戦国の昔から武芸よりも算盤勘定の腕を活かし、三河以来の旗本として先祖代々、徳川家のために働いてきた一族。

そんな家に婿入りしていながら、半蔵は算盤が大の苦手であった。

近頃は何とか人並みに弾《はじ》けるようになってきたが、つい先頃までは指さばきもたどたどしく、子どものほうがマシと思えるほどだった。

佐和に決まって夜明け前に叩き起こされ、職場の下勘定所《しもかんじょうしょ》に朝一番に出仕して日々精勤することを心がけ、非番の日には算盤の稽古も積んでいながら、十年もうだつが上がらなかったのには理由がある。

代々の役目に揺るぎない誇りを持ち、半蔵に全うして欲しいと願う佐和のために黙って耐えてはきたものの、本音を言えば算盤勘定などではなく、得意な剣の腕を活かした役目に就きたいと、ずっと考えていたからだ。

（つくづく甘い限りであった……祖父《じい》様の御霊《みたま》からお叱りを受けぬように、二度と慢心してはなるまい……）

反省しきりの半蔵は自身も旗本の生まれであり、祖父の村垣定行《むらがきさだゆき》は公儀の御庭番を振り出しに、晩年は勘定奉行にまで出世を遂げた大人物。

にも拘《かか》わらず生まれる前から厄介者《やっかいもの》扱いをされ、無用の存在と見なされたのは父の範行《のりゆき》が若い腰元に手をつけ、本妻から望まれずに宿った子であったため。

幸いにも生母の珠代《たまよ》は気丈な質《たち》で、嫉妬《しっと》に狂った本妻の嫌がらせに屈することなく臨月を迎え、難産に苦しみながらも命と引き替えに半蔵を産んでくれた。

生まれながらに母のいない、不遇な孫を定行は哀れみ、屋敷に置いたままでは非情な嫁に虐待されるばかりなのを見かねて、八王子の知人に託した。

かくして育った半蔵には、旗本の子でありながら自由人の気質が強い。

もしも見合い相手の佐和に一目惚れしなければ武州《ぶしゅう》にそのまま居着き、今頃は長閑《のどか》な暮らしに満足していただろう。

きっかけはどうあれ笠井の家に婿入りし、微禄ながら三河以来の旗本の当主となったからには、将軍のために力を尽くす使命があるのは分かっている。

しかし半年前の半蔵は、算盤などはどうでも良かった。

そもそも、武士は弓馬刀鑓《きゅうばとうそう》の技を磨くことが本分のはず。

戦乱が絶えて二百年余り経《た》った太平の世とはいえ、このところ日の本の近海に異国船がしばしば現れ、沿岸を脅かしている。いつ何時《なんどき》、戦《いくさ》が始まるか分かったものではないのに、パチパチ算盤など弾いてはいられないのではないか。すべての旗本にとって無二の主君である征夷大将軍のために武士らしく、いざとなれば命を捨てて戦う気概を忘れずにいたい——。

つい半年前まで、半蔵はそんな考えの下に生きていた。

(どうかしていたとしか思えぬな……重ね重ね、恥じるばかりだ)

あの頃の半蔵は存分に手柄を立てられる合戦の始まりを望むばかりか、ふだんの仕事も勘定奉行の配下でありながら鍛えた技が遺憾なく発揮できる、関東取締出役《かんとうとりしまりしゅつやく》への御役目替えを願って止《や》まずにいたものである。

生と死が文字どおり隣り合わせだった戦国の乱世はもちろんのこと、真剣勝負の何たるかも知らない身ならではの、甘さ極まる考えだった。

こんなふざけた心境でいて、算盤の扱いが上達するはずもない。

勘定所勤めが意に染まず、形だけしか努力をしなかった半蔵が、職場でも屋敷でも、昼行灯《ひるあんどん》扱いをされてきたのは当然だろう。

しかし、今や違う。

自分の考えが甘かったことを、今の半蔵は骨身に染みて分かっている。

きっかけは去る二月、勘定奉行の梶野良材《かじのよしき》が大手御門前で刺客に襲われた現場に出くわして、成り行きで命を救った一件。

初めて体験した真剣勝負は半蔵が考えていたほど甘くはなかったし、異母弟で小《こ》十人組《じゅうにんぐみ》の精鋭として将軍の警固《けいご》役を務める村垣範正《のりまさ》のほうが、実は人斬りに慣れていたのも衝撃だった。

そんな半蔵を良材は見込み、影御用と称する密命の遂行役に起用した。勘定所勤めに身の入らぬ半蔵が不器用ながらも剣の遣い手と知るに及び、利用できると踏んだのだ。

抜きん出た達人ではなく程々の腕前だからこそ御しやすく、いざとなれば格上の刺客に始末を任せればいいと、甘く見た上でのことだった。

良材は外見こそ好々爺然《こうこうや》としているくせに、一皮剝《む》けば目付《めつけ》の鳥居耀蔵《とりいようぞう》に勝るとも劣らぬ、とんだ奸物《かんぶつ》なのである。

最初は良材の思惑を見抜けなかった半蔵も、いずれは捨て駒にされる前提で影御用を命じられたと知ってからは何事も鵜呑《うの》みにせず、まずは疑ってかかるように心がけている。途中で気付き、警戒するようになっていなければ、疾《と》うの昔に口を封じられていただろう。

最近の半蔵は勘定所勤めに精を出し、職場でも生き残りを図っている。上役の組頭や同僚の平勘定たちから必要な人材と認められれば、奉行といえども勝手に罷免《ひめん》するわけにはいかなくなるからだ。

いつまでも昼行灯のままではいては、危うい。

人は正直でありたいものだが、相手が悪党ならば話は違う。

賢く、したたかに立ち回らなくては、たちまち抹殺されてしまうのだ。

できれば勘定所勤めそのものをスッパリと辞めて旗本株も処分し、悪縁から逃れるために江戸を脱出したいところだが、笠井家代々の役目に誇りを持つ佐和の気持ちを思えば、勝手は言えない。

いずれにせよ、上《うえ》つ方《かた》の望むがままに動くばかりでは駄目なのだ。

良材も耀蔵も、下《しも》つ方のささやかな幸せなど、まったく考えていない。

そんな連中に盲従したところで、待っているのは安堵どころか身の破滅。

邪《よこしま》な思惑に乗せられてはいけないし、好き勝手にさせてもなるまい。

一寸の虫にも、五分の魂というものがあるのだから――。

二

「お前さま？」

「ああ……何でもない」

半蔵は我に返った。考えごとをしている間も、足は正確に進んでいた。

多摩川の畔《ほとり》に出れば、渡し場はすぐそこだ。

「どうか下ろしてくださいまし、人目もありますので……」

「まこと、大事ないのか？」

「もう大丈夫にございまする……さぁ、参りましょう」

笑顔で告げつつ河原に降り立ち、佐和は渡し場に向かって歩き出す。

幸いにも、船は向こう岸から戻ったばかり。

「どうぞお乗りなせぇまし、奥方様」

「こちらが空いておりますよ。旦那様とご一緒に、ゆっくり座ってくだせぇ」

言われるまでもなく奥に詰め、半蔵と佐和に席を作ってくれたのは、いち早く乗り込んでいた地元の住人たち。

多摩の村で暮らす人々の気性は、善《よ》くも悪くも大らかなもの。気取ったよそ者を嫌う一方、善人と見なせば快く接し、何かと構ってくれる。かつて住んでいた者が戻ったと知れば、尚のこと歓待せずにはいられない。

「あれまぁ、やっぱり戸吹《とぶき》村の半蔵さんだぁ！」

船が出る間際に半蔵の素性に気付き、声をかけてきたのは中年の夫婦者。

「おいおい、誰が半さんだって？」

懐かしげな面持《おもも》ちの女房に続き、連れの親爺も半蔵をまじまじと見やる。

「かかぁが間違ってたら勘弁してくんな。お前さん、名主の坂本《さかもと》様んとこで世話になってた、剣術馬鹿《ヤットウ》の小僧っ子かい？」

「左様……今は笠井半蔵にござる」

「そうかい、そうかい。どっかで見た顔《つら》じゃねぇかって思ってたけど、ずいぶん立派になったもんだなぁ」

恥ずかしげに答えた半蔵に、親爺は気のいい笑顔で笑いかける。

半蔵が祖父の導きで身を寄せ、婿に行くまで暮らしたのは、今は亡き天然理心《てんねんりしんりゅう》流二代宗家──近藤《こんどう》（坂本）三助方昌《さんすけのぶあき》の屋敷。

村の名主を代々務める一族の家に寄宿して剣術修行に熱中し、衣食の面倒を見てもらう礼代わりに、野良仕事にも日々励んだものだった。

とはいえ修行一途に、お行儀よく毎日を過ごしていたわけではない。

「あのいたずらっ子が、お旗本の入り婿かい……」

当時の半蔵のやんちゃぶりを知る隣村の親爺は、にやりと笑う。

「釣りの行き帰りにうちの畑からすいかをくすねたり、瓜《うり》を盗んじゃ好き勝手に喰い散らかしてたのに、変われば変わるもんだなぁ」

「そ、その節はご迷惑をおかけ申した。許されよ」

「ははは、いいんだよう。ぜんぶ昔のことじゃないか」

慌てて詫《わ》びる半蔵に、丸顔の女房は微笑み返す。

「それにしても、べっぴんの奥方様だぁ」

「いえ……」

おもむろに視線を向けられ、佐和は戸惑う。

当惑するのを意に介さず、女房はにこにこしていた。

「こういうのを眼福って言うのかねぇ。女のあたしでも、惚《ほ》れ惚《ぼ》れするよう」

「ご、ご冗談を」

「ご謙遜《けんそん》はいらないよ。これじゃあ半蔵さんが下にも置かず、大事にするのも当たり前だぁ」

「は？」

「嫌だよう、とぼけちまって……。土手を越えて河原に来るまで、ずっと抱っこされていたじゃないか」

微笑む女房の傍《かたわ》らで、親爺もにやついている。他の客たちはもちろん、船頭も横を向いて笑っていた。どうやら、みんなから丸見えだったらしい。

「いやはや……なんとも……」

「お、お恥ずかしゅうございまする……」

半蔵ばかりか佐和までも、すっかり恐縮してしまっていた。

「べっぴんさんをからかうのは、そこまでだぁ。早いとこ船を出しな」

「あいよ」

親爺の一言を受け、若い船頭は竿《さお》を握る。

和やかな雰囲気の漂う中、船は渡し場からゆるゆると離れていった。

底の浅い多摩川では、それほど速くは進めない。

江戸で乗り慣れた猪牙舟《ちょきぶね》とは別物の、懐かしい感覚だった。

初めて経験する佐和も、渡し船の乗り心地が気に入ったらしい。

向こう岸に着いた頃には、気分もすっかり良くなっていた。

「江戸に帰る前に寄っておくれな。とっときの酒があるからよう」

「奥方様もお達者でなぁ」

手を振る夫婦と笑顔で別れ、歩き出す足取りも軽い。

「楽しゅうございますね、お前さま」

「まことか」

「はい。見るもの聞くもの、みんな興味深うございまする」

「それほど目新しいことはあるまい。ありふれた農村だぞ」

「ですが、お前さまがご幼少の頃に過ごされたところなのでありましょう。魚を釣ったり、畑のすいかを失敬したり、瓜をむしゃむしゃ召し上がったり……」

「も、もう良い。何事も若気の至り……いや、ほんのいたずら心だ」

「ほほほ、そういうことにしておきましょうか」

動揺するのを楽しげに見返し、佐和は笑う。

「うむ、困った話を聞かれてしもうたものだ……」

愚痴《ぐち》りつつ、半蔵の顔もほころんでいた。

しかし、いつまでもゆっくりしてはいられない。

「日が傾いて参ったな。少々急いでも構わぬか？」

「大事ありませぬ。こたびは後れを取りませぬ故」

「まこと、大事ないか」

「はい」

念を押され、答える声は頼もしい。

「されば参るぞ、佐和」

「心得ました」

歩調ばかりか肩まで並べ、夫婦は仲良く歩き出す。

江戸の市中においては自重すべき振る舞いも、かつての半蔵を知る人々からは咎《とが》められないと分かったからだった。

日野の渡し場から再び街道に出て、屋根瓦も見事な本陣の前を通過する。

佐和の体調も良くなり、半蔵は一安心。先を行きすぎぬように調子を合わせていても、足の運びは力強い。

日野宿を後にして高倉新田《たかくらしんでん》、大和田《おおわだ》とくれば、いよいよ八王子だ。

これまで八王子は半蔵にとって、近くて遠い場所だった。

距離の問題ではない。将軍直属の家臣である旗本は有事《ゆうじ》に備え、勝手に江戸を出てはならない決まり。休みも勝手に取るわけにはいかなかった。そのため半蔵は十年前に笠井家へ婿入りして以来、思い出の地を訪れる機をなかなか得られずにいたのである。

千載一遇の好機が訪れたのは、素直に喜ばしい。

とはいえ老獪《ろうかい》な良材は何の理由も無く、半蔵に休みをくれたわけではない。

同じ御用部屋で働く面々には公用を任せたと偽り、良材が命じてきたのは新たなる影御用。

その内容とは八王子へ赴き、千人同心の動きを探ることだった。

鑓《やり》奉行配下の千人同心は甲州街道の治安を守り、幕府に危機が訪れたときには将軍を甲府まで落ち延びさせるのが本来の使命。それが平和な時代が続くうちに日光東照宮まで出張し、火の番をするのが役目となって久しかった。

いずれにせよ半士半農の郷士《ごうし》であり、武家としての格が高いわけではない。

農作業にばかり従事させられる立場に不満を募《つの》らせ、もしや幕府への反抗心が芽生えつあるのではないだろうか――。

そんなことを良材は疑い、半蔵に探索を命じてきたのだ。

(埒《らち》もない……)

かかる不安など、半蔵から見れば杞憂《きゆう》にすぎない。その折は良材から大真面目に話を切り出され、失笑を漏らさぬように堪《こら》えるのに苦労したものである。

老中首座の水野忠邦《みずのただくに》に才を見込まれ、鳥居耀蔵と並んで懐刀《ふところがたな》と呼ばれる切れ者の良材だが、この一件は明らかな眼鏡違い。

たしかに千人同心は閑職であり、役目がキツい割りには身分も低い。元を正せば甲斐《かい》の武田氏に仕えた家臣の子孫であり、かつての主家を滅ぼした徳川家に恨みを抱いていると誤解されがち。

しかし、誰一人として野良仕事を苦にはしておらず、恩を受けた徳川将軍家を裏切るつもりも有りはしない。

むろん非常時に備えて武芸の修練を怠らず、特有の装備である長柄鑓《ながえやり》、そして半蔵も学び修めた天然理心流を始めとする剣術の修行にも、日頃から熱心に取り組んでいた。武芸と農業を無理なく両立させるという、良材ら上つ方には理解し難い心情も半蔵にとっては常識。かつて彼らと寝食を共にし、一緒に汗を流してきたからこそ、断言できることだった。

反抗心など調べるまでもなく皆無と分かっていたが、これは久しぶりに第二の故郷を訪れ、親しかった人々と再会を果たせる好機。何も知らない良材には謀叛《むほん》の恐れなど皆無であったと、もっともらしく報告すればいいのだから、わざわざ現地で調べることなど何もない。

しかも探索にやって来たと疑われぬため、妻女を必ず連れていくようにと良材から命じられたので、自慢の佐和を地元の衆にお披露目できる。図らずも日野の人々とはいち早く顔を合わせてきたが、八王子も目の前だ。

「そろそろ竹《たけ》の鼻《はな》か……おお、見えて参ったぞ」

半蔵が指差したのは、江戸から数えて十二番目の一里塚。

大きな塚より目立つのは傍らにそびえ立ち、夕陽にきらめく葉の茂りも見事な榎《えのき》の大木。近くには永福稲荷《えいふくいなり》の社《やしろ》もあり、榎の木陰で涼を取りつつ門前の茶店で休憩できるようになっていた。

今となっては、佐和も休むには及ばない。

ここから先は、いよいよ八王子の宿場町。

二人が現場に入るのと、夜の帳《とばり》が下りたのはほぼ同時だった。

八王子宿とは甲州街道沿いに連なる、十五もの宿場町の総称。小仏峠《こぼとけ》の麓《ふもと》に当たる駒木野《こまぎの》関所の手前に至るまで、街道の両側に旅籠《はたご》が所狭しと並んだ様は壮観そのもの。泊まり客を取り合う客引きの声も、ひっきりなしに聞こえてくる。

「ずいぶん賑やかなのですね、お前さま」

「さもあろう。何しろ桑都《そうと》と呼ばれておるのだからな」

自慢げに半蔵は笑って見せた。

八王子は江戸開府以来、絹織物の売買で栄える町。先染めされた糸が紡ぎ出す、縞目も鮮やかな布は八王子織物と称されて、その人気は本場の桐生《きりゅう》や足利《あしかが》にも負けていない。近年は高級織物用の高機《たかはた》が西陣《にしじん》から導入されたことでより美しい織りが可能となり、織り子の数も増える一方。

紅灯《こうとう》が瞬き始めた宿場の喧噪《けんそう》をよそに、半蔵と佐和が向かう先は千人町。

書いて字の如く、八王子千人同心の組屋敷が集められた町だ。

真っ先に訪ねることには意味がある。

師の近藤三助方昌が若くして亡くなった後、半蔵は増田蔵六《ますだぞうろく》を始めとする幾人もの兄弟子から、天然理心流の手ほどきを受けてきた。その多くが千人同心の職を務めていたのだ。

腕利きの彼らから教えを受けたとはいえ、正式な弟子ではなかった半蔵は免許はもとより、折紙《おりがみ》さえ授かってはいない。

しかし、技そのものは伝授されている。

本来ならば有り得ぬことだが、すべては亡き方昌の温情のおかげだった。

半蔵は生前の方昌が可愛がったのもうなずける、素直で真っ直ぐな少年。ゆめゆめ無下《むげ》に扱ってはならぬと生前に念を押されていればこそ、誰一人として邪険にせず、秘伝とされる術技まで余さず教えてくれたのだ。図らずも上つ方の政争に巻き込まれ、影御用を遂行する渦中で真剣勝負を余儀なくされた半蔵が、今日まで生き延びてこられたのも、彼らの教えがあればこそだった。

名門流派の門人たちからは田舎剣術と揶揄《やゆ》されがちな天然理心流だが、その技はいずれも剛直無類。とはいえ力押しに攻めるばかりでなく、刀身ばかりか柄《つか》も並外れて太い木刀を素振りと形稽古に用い、日々の鍛錬の中で手の内《うち》を錬ることによって、自ずと精緻《せいち》な刀さばきが身に付く稽古法も行われている。いざというときは本身を手にしても後れを取らない、高い実戦性が備わっていたのだ。

そんな流派の技を非公式ながら会得した半蔵は、まだ人を斬ったことこそ無いものの、逆に斬られてもいない。

この半年の間に幾度も修羅場に立たされていながら、かすり傷を負った程度で毎回生還できたのも、他ならぬ天然理心流の剣の遣い手だったからなのだ。

良材の的はずれな密命を半蔵が逆手に取り、八王子宿へ行こうと決意したのは当時の兄弟子たちを訪ね、謹《つつし》んで恩を返したいと思えばこそ。

以前に武州一円の悪党退治を命じられ、甲州街道を行脚《あんぎゃ》した折に一時立ち寄りはしたものの、旧交を温めることもままならなかった半蔵は、今度の八王子行きを心から楽しみにしていた。

しかし、着いて早々に知ったのは予期せぬ事態。

千人町の一隅に道場を構える、天然理心流の第一人者――増田蔵六の許《もと》へ挨拶に赴いて、思いがけず聞かされたことだった。

三

「松本《まつもと》様が大病に？　まことですか、増田様」

「まことも何も、おぬし、見舞うために江戸から出て参ったのと違うのか」

「初耳にございまする……」

憮然《ぶぜん》と問い返され、半蔵と佐和は玄関先に立ち尽くす。

「成る程、聞いてはおらぬのか……」

いかつい初老の男——蔵六は不機嫌そうに目を閉じる。

「試衛館《しえいかん》には飛脚を走らせたのだが、な……。事もあろうにおぬしの耳に入れるのを失念いたすとは周助《しゅうすけ》め、まことに粗忽《そこつ》な奴じゃ」

「されば、近藤先生もお見舞いに？」

「まだ来ておらぬ」

蔵六は苛立《いらだ》たしげにつぶやいた。

江戸は牛込柳町《うしごめやなぎちょう》に試衛館道場を構え、三代宗家を名乗る近藤周助邦武《くにたけ》の不手際を非難できるのも、格上の自負があればこそ。

「何はともあれ、今宵は泊まって参るがいい。ちょうど湯も沸いておるぞ」

絶句した夫婦に向かって呼びかける、蔵六の口調は柔らかい。

この蔵六、ただのうるさ型とは違う。

昔から息子と同様に可愛がってきた半蔵が憎かろうはずもなく、事情を知らぬまま八王子までやって来たのを、心から憐《あわ》れんでいた。

「遠慮するには及ばぬぞ、ん？」

「されど増田様、早うお見舞いをいたさねば……」

「分からぬか。汗まみれのまま病人を訪ねては、かえって迷惑であろうが」

焦《あせ》る半蔵に、蔵六はやんわり告げる。

「おぬしも知ってのとおり、斗機蔵《ときぞう》殿は凡百《ぼんぴゃく》の士に非《あら》ず。たしかに若い頃より病弱ではあるが、胆力《たんりょく》は我ら千人同心の仲間内で抜きん出ておる。まして可愛がっておったおぬしが江戸から参ったと申すに、簡単に空《むな》しゅうなりはせぬよ。今宵は汗を流してゆるりと休み、明朝に改めて出向くがよかろう」

「さ、されど……」

「お世話になりまする。さぁお前さま、濯《すす》ぎを使わせていただきましょう」

当惑したままの夫を促し、佐和は折り目正しく一礼する。

出過ぎた真似とは思ったが、半蔵が茫然《ぼうぜん》としていて話にならぬからには、少々出しゃばるのもやむを得まい。

そんな佐和の態度を、蔵六は咎めようとはしなかった。

「そなたが佐和殿か。噂にも増して佳人であるの」

「まぁ、ご冗談を……」

「はははは。もとより下心など有りはせぬ故、安堵なされよ」

いかつい造作に似ず、蔵六はさばけた男らしい。

安心した佐和は、半蔵の草鞋《わらじ》を甲斐甲斐《かいがい》しく脱がせていく。

そんな気遣いも功を奏さず、半蔵は打ち沈んだまま。重い病の床に就いていると知らされた恩人の安否が、それほど気がかりなのであった。


「何もないが、ゆるりといたせ」

蔵六は速やかに、二人のために支度を調《ととの》えてくれた。

通された一室は決して広くはなかったが、隅々まで掃除が行き届いていて清潔そのもの。畳の目にも障子の桟にも塵《ちり》ひとつ見当たらず、いつ客が訪れても歓待できるように、日頃から心がけているのが窺《うかが》い知れる。

小体《こてい》ながら瀟洒《しょうしゃ》な一軒家は、千人同心の組屋敷。

千人同心は合わせて十組。それぞれの組は千人頭一名、組頭十名、平同心八十名から成る。江戸開府の当初は一組に百名ずつ、文字どおり千人の同心がいたものだったが、往年の名老中である松平定信《まつだいらさだのぶ》が緊縮財政を断行した、かの寛政《かんせい》の改革において人員が削減され、今に至っていた。

十組の一つの下窪田《しもくぼた》組で精勤して組頭に昇格し、天然理心流の指導者としても千人町に道場を構え、武州各地に多数の門弟を抱える蔵六だが、家庭においては余り恵まれていない。六年前には妻に、ほんの二年前には同心見習だった息子にまで先立たれ、上役の千人頭たちの大邸宅が目立つ町の一画で、男やもめとして堅実に暮らしていた。

身の回りの世話は、通いの女中に頼んでいる。急に泊まることになった半蔵と佐和のために風呂と寝床を調え、食事の支度をしてくれたのも、その女中。蔵六の門人の縁者であるという、年配の気のいい農婦だった。

「ご馳走《ちそう》様にございまする。結構なお味にございました」

膳を下げに来てくれた女中に向かって、佐和はしとやかに頭を下げる。

食事の前に風呂を使い、着替えも済ませてある。湯上がりの白い肌に、縞柄の浴衣《ゆかた》が明るく映えていた。

一方の半蔵は相も変わらず、悄然《しょうぜん》としている。

行灯《あんどん》の淡い光が照らし出す表情は、目も当てられぬほど暗い。

「お前さま、油も勿体《もったい》のうございますれば、そろそろお休みなされませ」

「うむ……」

佐和の呼びかけに答える口調は上の空。

出された食事も半分以上、残してしまっていた。

こちらも汗にまみれた旅装を解き、浴衣姿になっている。放っておけずに佐和が引っ張っていき、背中まで流してやって着替えさせたのだ。

しかし、いつまでも構ってばかりはいられない。

膳を置き、すっと佐和は立ち上がった。

「お前さま！」

「な、何だ」

語気も鋭く呼びかけられ、半蔵がびっくりした顔で見返す。

佐和は容赦なく言葉を続けた。

「大概になされませ。何を甘えておいでなのです」

「あ、甘えとな⁉」

「そうでありましょう？　先程から黙っておれば調子に乗って、これ見よがしにクヨクヨクヨクヨなさってばかり。人に気を揉《も》ませることが、そんなに楽しゅうございますのか」

「だ、黙れっ！」

半蔵は声を荒らげる。

たしかに、言われたことは図星だった。

明日をも知れぬ恩人の身を案じて不安でたまらないのだから、もっと佐和には気を遣ってもらいたい。そんな驕《おご》りを抱いていたのだ。

されど、半蔵の妻は世間の女房たちとは別物。

夫が何をしていても目をつぶり、老後の暮らしさえ安心させてくれればいい――そんな計算ずくの甘やかしをしない代わりに、目に余ることがあれば、ビシビシ叱り付けるのをためらわない。何事も夫の身を案じた、打算抜きの愛情に基づく行動であった。

「いーえ、黙りませぬ」

続く言葉にも容赦はなかった。

このままそっとしておいても、半蔵は打ち沈むばかり。

こんな状態で見舞いに来られたところで、相手は喜ぶどころか病状が悪化しかねない。病床に臥《ふ》しているという松本斗機蔵が如何《いか》なる人物なのかは分からぬが増田蔵六が敬意を払い、半蔵がここまで安否を案じて止まない以上、よほど人徳があるのだろう。

ならば今宵のうちに、半蔵を奮起させたほうがいい。

今の半蔵は如何にも不甲斐なく、頼りない。

蔵六は大目に見てくれたが、病床の斗機蔵はそうはいくまい。少年の頃の半蔵を可愛がっていたのであれば尚のこと戸惑い、逆に心配させてしまう。

それでは見舞いに行かせる意味がないし、かつての半蔵を知る人々も、八王子まで何をしに来たのかと呆《あき》れるはず。

夫に世間で恥を掻かせぬのが妻の役目。前向きになってくれるのならば、自分が憎まれ役になっても構うまい。罵倒《ばとう》する声が漏れ聞こえても、蔵六は分かってくれることだろう。

意を決し、佐和はずけずけと言葉を続ける。

「お前さまはまだ、ご自分の至らなさが分かっておられぬのですね。そも、殿御のくせに性根が弱すぎるのではありませぬか？」

「おのれ、何故《なにゆえ》に決め付けるかっ！」

「ほほほほほ、私の口から言わせるおつもりですか」

カッとなった半蔵を見返し、佐和は高笑い。

顔は笑っていても、胸の内では泣きそうだった。

愛する夫のことを、好んで罵倒したいはずがない。

それでも、今はやらねばならぬのだ。

「知らずば言って聞かせましょう。お前さま……あいや、笠井半蔵殿！」

佐和は果敢に言い放つ。

かつては半蔵のやる気の無さに苛立つばかりだったのが、今は奮起を促すために頑張っていた。

そんな夫婦のやり取りを、蔵六は黙って聴いていた。

わざわざ廊下に身を潜め、盗み聞きをしているわけではない。耳の敏《さと》い蔵六は座敷から離れた台所の床に座ったままで、事の次第を把握できていた。

「ううむ、出来た嫁御じゃ。つくづく半蔵には勿体《もったい》ないの……」

つぶやく蔵六の片手には茶碗酒。

燗《かん》もつけず、有り合わせの漬け物を肴《さかな》に呑んでいた。

女中は早々に帰らせた後だった。一見しとやかな佐和の気の強さと毒舌ぶりを知れば肝《きも》を潰して恐れおののき、明日から世話を焼こうとは思うまい。

しかし、蔵六は平気だった。

くだらぬ女の意地を焼き、敬意を払うべき夫に食ってかかっていたのであれば見過ごしはしない。

まして半蔵は息子も同然の、可愛い弟弟子。今頃は座敷へ乗り込み、この悪妻めと懲《こ》らしめていただろう。

だが、佐和は他の女房連中とは違う。

純粋に半蔵のためを思い、奮起させるために憎まれ口を叩いているのだ。

女同士では分からぬだろうし、理解したくもあるまい。

蔵六は男、それも年嵩《としかさ》で妻帯の経験もあるが故に、佐和の真意を早々に見抜くことができていた。

「ほほほほほ……」

「黙り居《お》れっ……」

座敷からは切れ切れに、二人の言い合う声が聞こえてくる。

蔵六は茶碗酒を含みつつ、黙然《もくねん》と耳を傾ける。

むろん、咎めるつもりなど最初から有りはしない。

「あの調子で十年、か……」

表情がいかめしいのは半蔵が佐和の真意を汲み取れず、負けじと反論ばかりしていたからである。

「嫁御の誠も分からずに、むやみに声を荒らげおって……あやつ、夫婦道《めおとどう》の修行が足りておらぬぞ」

佐和ではなく半蔵を呼びつけ、直々《じきじき》に説教をしてやりたい。

だが、そんな真似をすれば、出来た妻の出番が無くなってしまう。

今宵のところは出しゃばらず、成り行きを見届ける――いや、聴き取るのみに徹しようと蔵六は心に決めていた。

「ほほほ、本気で左様な戯言《ざれごと》を……まこと、笑止にございますなぁ……」

「おのれー!」

笠井夫婦の舌戦《ぜっせん》は、果てることなく打ち続く。

こうなれば、蔵六も先に休むわけにはいかない。

黙々と腰を上げ、棚から新しい徳利《とっくり》を持ってくる。

「まことに肝の据わったおなごじゃ……今からでも薫陶《くんとう》いたさば非凡な女剣客に育つであろうが……お旗本の家付き娘とあっては、そうもいくまい……」

ひとかどの武芸者である蔵六をして、心が動いたのも無理はなかった。

佐和の迫力は、とても常人の及ぶところではない。少年の頃から天然理心流の荒稽古に耐えてきた半蔵だから何とか張り合えているらしいが、並の男であれば耐えかねて出奔《しゅっぽん》するか、首を吊っていただろう。

佐和は女の身でありながら男、それも乱世の武者もかくやといった気迫を常に漂わせている。

それでいて、外見は優美そのもの。あれほどの女傑とは、誰も思うまい。

「巴御前《ともえ》に北条政子《ほうじょうまさこ》もかくやといったところか……大したものだの」

つぶやきつつ、蔵六は茶碗に注《つ》いだ酒を一口含む。

しかし、手放しに褒めるつもりはないらしい。

「惜《お》しいのう……戦国の昔に生まれておれば、夫を一国一城のあるじにまで盛り上げることも叶《かの》うたであろうが……この太平の世に在《あ》って、あれほど気が強うては男が縮こまるばかりぞ。半蔵とて、いつまで保《も》つか……」

座敷の言い合いは、まだ止まない。

「いっそ、こちらが引き取るか……」

蔵六はつぶやきつつ、ぐいと茶碗の酒を干す。

それぞれの思いをよそに、夜は更けてゆく。長い一夜になりそうだった。


そして翌朝。

「何となされましたのか、増田様？」

「気にするには及ばぬ」

「されど、お顔の色が悪うございますれば……」

「少々呑み過ぎただけのことじゃ。大事はない」

気を遣って問うた佐和に応える、蔵六の口調は素っ気ない。

一方の半蔵は無言のまま、食後の茶を啜《すす》っていた。

一夜が明け、三人は朝餉《あさげ》を共にした後。

蔵六の目の下にだけ、隈《くま》がある。

女中は気付かぬふりをして給仕を済ませ、早々に洗い物に取りかかる。

先に屋敷を出たのは蔵六だった。

一人で着替えを済ませ、刀を提《さ》げて玄関に立つ。

「儂《わし》は出仕いたす故、おぬしらは好きにいたせ」

「いってらっしゃいませ」

半蔵と佐和は声を揃え、蔵六を送り出す。

次はこちらが出かける番。

病床の松本斗機蔵を見舞う半蔵に、佐和は付いていくつもりである。そのことは半蔵も昨夜のうちに承知させられていた。

「……されば参るか」

「はい」

促す半蔵に、佐和は笑顔でうなずき返す。

両人共に、昨夜の言い合いは根に持っていない。

佐和が進んで憎まれ役を買って出たことに、すでに半蔵も気付いていた。

夫想いの妻を恨んでは罰が当たる。見舞いに同行したいと申し出てくれた好意も素直に受けるべきだろう。

「今日も暑うございますね」

「暑気あたりは大丈夫か？」

「大事ありませぬ。床に就いたのは明け方近くにございましたが、おかげさまで眠りは深《ふこ》うございましたので、ね……」

佐和は微笑み、半蔵の手にそっと触れる。

「止《よ》せ、止せ。恥ずかしいではないか」

半蔵は思わず照れる。

あれから佐和が熟睡できたのは、仲直りをした後、道中で凝った体の筋を丹念にほぐしてもらったからだった。

柔術《じゅうじゅつ》の心得がある半蔵は、揉《も》み療治《りょうじ》など慣れたもの。おかげで佐和はすっかり気分が良くなり、深い眠りに誘われたのだ。

蔵六が案じるほど、二人の夫婦仲は悪くなかった。佐和はキツいばかりの鬼嫁とは違うし、今や半蔵は妻に媚《こび》を売るのではなく労《いたわ》ることを心得ている。余計な気を回さずとも、離縁に至る心配はない。

しかし、そんな夫婦の有り様は、他人の目には奇異に映りがち。

兄弟子の屋敷なのだからと気を許し、本音で言い合う声を聞かせたのは明らかな失策だった。

思わぬ落ち度に気付かぬまま、二人は連れ立って出かけていく。

「明るいお顔をするのですよ、お前さま」

「分かっておる」

「では、笑ってみなされ」

「こうか？」

「上出来《じょうでき》にございまする。さすれば先様のお心持ちも明るうなりましょう」

秋の空はさわやかに晴れ渡っている。

やがて暗雲が立ち込めるとは、知る由《よし》もない半蔵と佐和だった。

四

その頃、梶野良材は江戸城中を移動していた。

「ふう……」

恰幅《かっぷく》の良い体に裃《かみしも》をまとい、向かう先は本丸の御殿勘定所。

勘定奉行の朝は早い。いつも夜明け前に大手御門内の下勘定所に出仕し、配下の組頭たちに指示を与えた後は城中に席を移して、休むことなく執務する。

役目だけに文句は言えぬが、七十前の身にはキツい。

(まこと、楽ではないのう……)

胸の内でぼやきつつ、良材は廊下を往《ゆ》く。寄る年波か愚痴っぽい。

老獪な勘定奉行とて、神ならぬ身。厄介ごとはできるだけ、身辺から遠ざけておきたい。笠井半蔵に影御用を命じ、八王子に送ったのは、そんな一念の為《な》せる業《わざ》だった。

千人同心が幕府に叛意《はんい》を抱き、蜂起するとは最初から考えてもいない。起こり得ぬ話を本気で危惧《きぐ》しているかのように見せかけ、真《ま》に受けた半蔵を妻女同伴の上で江戸から送り出したのは、すべて芝居。仲間の鳥居耀蔵と共に着々と進めている、謀略の邪魔をさせないためであった。

今や半蔵は良材にとって、獅子《しし》身中の虫でしかない。

(儂としたことが、とんだ眼鏡違いをしたものよ……)

悔いても遅いことである。

最初はお人好しで御しやすいと見込んだものの、いざ使ってみれば何とも扱いにくい。思った以上に正義感が強いばかりか、女ながら侮《あなど》れぬ知恵者の佐和が陰の力となり、腕こそ立つが思慮の浅い夫を助けているのも厄介だった。

これ以上、あの夫婦に余計な真似をされては困る。

しかし買収に応じる質《たち》ではないし、口を封じるべく刺客を差し向けても半蔵に返り討ちにされるばかり。

人は斬れない半蔵だが、刃引《はび》きを振るって敵を打ち倒す腕の冴えは並々ならぬものであるし、近頃は高等技術の峰打ちにまで開眼したという。

下手に始末を急ぎ、刺客など雇ったところで、仕損じては元も子もあるまい。

さりとて、佐和だけ始末するのも難しい。

旗本八万騎の家中一の佳人と謳《うた》われた、佐和の美貌は今も健在。

ずっと執着してきた大御所の家斉公こそ閏《うるう》一月に亡くなったものの、老中から若年寄まで、幕閣の要人には佐和びいきの者が多い。

近頃は三十路《みそじ》を前にしてキツさが和らぎ、老いを知らない美しさに人妻らしい色香が加わったと、新たな評判まで立っている。そんな上つ方の人気の的が不慮の死を遂げれば、誰もが血眼《ちまなこ》になって黒幕を暴こうとするだろう。

それに笠井家は微禄ながらも三河以来の旗本であり、歴代の当主が算勘《さんかん》の才を大いに発揮し、徳川家に貢献してきた一族。

評判の美貌だけでなく、先祖代々の功績にもよっても護《まも》られている以上、迂闊《うかつ》に手を出してはなるまい。

そこで良材は一芝居打ち、夫婦揃って八王子に出向かせたのだ。

佐和を同行させたのは半蔵が調子に乗り、愚行に及ぶのが狙いだった。

近頃の半蔵は、とみに自信が付いてきた。

美しくも並外れて気が強い妻の尻に敷かれ、つい先頃まで大きな体をいつも縮めていたのが、職場でも堂々としている。その自信が強さにつながり、剣の腕を高めているると見なしていい。

今の半蔵には、正面から何を仕掛けたところで通じまい。

ならば強さの源《みなもと》たる、妻の愛情と信頼を無くしてしまえばいい――良材は斯様《かよう》に考えたのだ。

八王子は半蔵にとって近くて遠い、第二の故郷。江戸市中からそれほど離れているわけではなかったが、日帰りするにはぎりぎりの場所であり、非番であっても外泊は許されぬ旗本の身では、ゆっくり訪れるのも叶《かな》わない。それが久しぶりに泊まりがけで出かけられれば、当然ながら気は緩む。おまけに佐和まで連れて行けるとなれば調子に乗り、昔馴染《なじ》みの友人知人を訪ね廻って、美しい妻を自慢しまくるであろうことは目に見えている。

そんな軽々しい真似をすれば佐和は必ずや不快になり、半蔵の浅はかさを軽蔑することだろう。自ずと夫婦仲は悪くなり、知恵も貸さなくなるに違いない。

佐和の気位が並外れて高いのを、近頃の半蔵は忘れている節がある。

佐和は現役の将軍だった当時の家斉公に大奥入りを望まれても応じず、百五十俵取りの軽輩ながら、代々の直参《じきさん》の娘としての矜持がある。大身旗本の当主たちが遥かに及ばぬほど、揺るぎない誇りを持っているのだ。

そんな佐和にとって、武州の片田舎で暮らす連中は下下《しもじも》でしかない。軽々しく引き合わされ、自慢などされれば誇りが傷付き、きっと半蔵に失望する。

あっさりと引っかかってくれたので、まずは良し。

八王子で二人が揉めている隙《すき》に鳥居耀蔵と連携し、矢部定謙《やべさだのり》を失脚させる計画をこのまま推し進めればいい。

されど、手放しに喜んでばかりはいられなかった。

（ううむ、余計なことで頭を使うのは面倒だのう……）

勤めを休ませている間、勘定所の御用部屋では当然ながら、働き手が一名足りなくなる。上役の組頭が不審や不満を抱かぬように、半蔵には架空の御用を良材が直々に任せたと偽り、御用部屋全体に割り振る仕事も減らしてやったので同僚の平勘定たちから不満が出ることもあるまいが、いちいち調整を付けること自体が面倒だった。

半蔵が当初の見込みどおりに何でも言うことを聞き、役に立ってくれるのならば表の御用など幾ら休ませても構うまい。

しかし、今の半蔵は良材にとって厄介なだけの存在。

そんな奴を遠ざけるために暇《いとま》を与え、出仕させずにいる間も毎日、禄《ろく》を給してやらねばならぬのが腹立たしい。

（我が懐までは痛まぬのが、せめてもの救いであるな……）

廊下を行き交う者が絶えた一瞬、ふっと良材は苦笑する。

と、不意に呼びかける声がした。

「お悩みのご様子ですな、土佐守《とさのかみ》様」

「な、何でもないわ！」

良材は慌てて表情を引き締める。

不意に廊下の角から姿を現し、声をかけてきたのは中肉中背の男。良材と同じ裃姿で、目鼻立ちこそ整っているものの、地味で目立たぬ人物だった。

「鳥居か……。お役目大儀である」

「お早うございまする」

襟《えり》を正して向き直った良材に、男は折り目正しく一礼する。

鳥居耀蔵、四十六歳。

公儀の目付を務める耀蔵は外見こそ目立たぬが、定員十名の目付たちの中ではもちろんのこと、旗本八万騎で最も油断のならない人物と言っていい。

常に礼儀正しい反面、この男の目は、いつも笑っていない。

他者と接するときには利用価値しか考えず、心から礼を尽くす気など最初から有りはしないのだ。

毎日計算ずくで行動するのが、悪いこととは思わない。

他ならぬ良材自身、勘定奉行に出世するため目下と目上の別を問わず、幾多の人間を利用してきた身だからだ。

同類のはずの相手を見ていて不愉快なのは、まだ五十前なのに老獪と呼べる域に達していること。

（こやつ、まだ若いくせに……）

仲間であっても、不快に感じることはある。

まして、耀蔵とは親子ほども年が違う。

有能なのは分かっているが、どうしても好きにはなれぬ。そんな手合いの典型だが、この耀蔵の存在なくして良材の立場は保てない。腹立たしくても、不満を顔に出すわけにはいかなかった。

そんな気分を知ってか知らずか、耀蔵がさりげなく告げてきた。

「先だってはお骨折りいただきまして、誠に有難うございました」

半蔵を佐和ともども江戸郊外へ送り出し、留守にさせたのが良材の手柄であることは、耀蔵も認めざるを得ないはず。表情が無いのは相変わらずだが、邪魔者を遠ざけてもらい、少しはこちらに感謝の気持ちが出てきたのか。

そう見なすや、良材はたちまち機嫌が直る。

「礼を申すには及ばぬ。易《やす》きことじゃ」

鷹揚《おうよう》に答えたのも、気持ちに余裕が生じればこそ。

しかし、耀蔵はいつまでも下手には出なかった。

「されど土佐守様、いかがでありましょうな」

「ん？　何のことじゃ」

「笠井半蔵めに根も葉もなき話を真に受けさせ、八王子に差し向けたはなかなかの良策なれど、あやつが不在の間も禄は生じまする。つまりは半月か一月の間、ただ飯を食わせることになるわけですな」

「やむを得まい。日割りで銭を与えるわけではないからの」

良材は気色《けしき》ばんだ。

「それにたかだか百五十俵取りの下勘定の俸禄ぐらい、柳営にとっては微々たるものぞ。そも、儂や貴公の懐が痛むわけではなかろうが？」

「成る程……ご公儀の御蔵米ならば、どれほど食い潰させても構わぬとのご所存でありますか」

耀蔵は低く笑った。感情の無い声でも、こちらを軽んじているのが分かる。

悪党のくせに、いちいち筋の通ったことを言うから困る。

たしかに、耀蔵の意見には一理ある。

幕府の財政は火の車。ほんの少しでも再建の足しになると思えば、役立たずの半蔵にいつまでも無駄な禄を与えていてはならないし、いっそのこと、御役御免にしてしまうべきだろう。

三河以来の旗本で代々の勘定所勤め、先代――佐和の父である総右衛門《そうえもん》までは優秀だったものの、当代の半蔵に問題ありと決め付け、適当な罪を押し付ければ腹を切らせ、御家断絶を強行できぬこともない。

にも拘わらず良材が未だに野放しにしているのは、開き直った半蔵が評定所ですべてを暴露すれば、元も子もなくなるからだ。

口下手な半蔵だけが相手ならば、どうとでもなるだろう。

しかし、佐和は侮れない。いざとなれば死を覚悟し、どこにでも出向いて夫の無実を訴えることだろう。

男顔負けに気が強く、弁が立つ。しかも旗本八万騎の家中一の佳人の言うことならば堅物の老中や若年寄も、耳を傾けるのは必定《ひつじょう》。甘く見てはなるまい。

あの夫婦、何とか切り離せぬものか。

それにつけても腹立たしいのは、耀蔵の態度。

笠井夫婦を何とかするのは、この男にとっても必要なことのはず。良材に嫌みを言うより先に進んで動き、早々に始末を付ければいいではないか。

（こやつめ、自分のことを棚に上げおって……）

良材は面白くなかった。

三村《みむら》兄弟を始めとする手練《てだれ》の剣客を幾人も抱えているくせに、耀蔵はいつまで経っても半蔵を始末できずにいる。

いっそ闇討ちにしてくれれば良材も枕を高くして眠れるのだが、南町奉行所に同心として潜伏中の三村右近《うこん》はもとより、双子の兄で剣の腕は弟の上を行くはずの左近《さこん》も、未だに半蔵を倒せない。

兄弟二人して、何をぐずぐずしているのか。

左近と右近の雇い主である、耀蔵にも何とかしてほしい。

内心では腹立たしい限りの良材だったが、文句は言えなかった。

耀蔵は、老中首座の水野忠邦から全幅の信頼を寄せられる存在。この男が万が一にも裏切れば、さすがの忠邦も無事では済むまい。

もしも忠邦を中心とする今の幕閣が改革半ばで倒れれば、たちまち良材も勘定奉行の地位を失う。御庭番からコツコツと重ねてきた努力が、たちまち水泡に帰してしまうのだ。

わが身が何より可愛く、隠居して老後を安泰に過ごしたい良材としては、耀蔵とは当たらず障らず、上手く付き合っていく必要がある。嫌みを言われても腹を立てず、軽く受け流すのが利口というものだった。

「ははは。相変わらず、貴公は手厳しいのう」

苦笑しながら良材は告げる。

「安堵せい。儂とて無駄飯を食わせるのはいかんと思うておった。よし、あやつが八王子より立ち戻らば、同役の者どもが負担せし御用の分だけ、居残りを毎日させるといたそう。むろん手当は一切抜きで、な」

「それはよろしいですな」

にこりともせずに答え、耀蔵は話を切り上げる。

「されば土佐守様、失礼つかまつります」

「うむ」

目礼を返し、良材は歩き出す。

（これで良し……腹芸は年寄りが一枚上であるのだぞ）

胸の内でつぶやきつつ、御殿勘定所に向かう足取りは軽かった。

五

その頃、半蔵は佐和を伴い、見舞う相手――松本斗機蔵の屋敷を訪れていた。

思いがけぬ話に動揺した昨夜と違って、足の運びは落ち着いたもの。

「御免」

玄関に立ち、訪《おとな》いを入れる声も静かだった。

「はーい」

出てきたのは住み込みと思《おぼ》しき一人の女中。歳は佐和と同じぐらい。美人とは呼べまいが愛嬌のある、可愛らしい顔立ちをしていた。

「あれまぁ、半蔵さん！」

「一別以来であったな、おきぬ」

知り人らしい女中に、半蔵は柔和《にゅうわ》に微笑みかける。

「ほんとに久しぶりだよう」

おきぬと呼ばれた女中も、懐かしげに目を細めた。

態度が少々馴《な》れ馴《な》れしいのは、半蔵と昔馴染みである故か。

「して、先生のご容態は」

「ちょうど良かった。今さっき、お目を覚まされたところなんだよう」

「されば、取り次ぎを頼む」

「ご無理と申されたらどうするね？」

「強いてお目にはかかるまい。そのときは出直そう」

「それじゃ、おうかがいを立ててくるよう」

「うむ」

おきぬが奥に引っ込んだ。

半蔵は無理を言わず、強いて上がり込もうともしなかった。

佐和としては、安心できる態度であった。

斗機蔵の病を知って動揺したまま、昨夜のうちに押しかけていれば、折り目正しくは振る舞えなかったことだろう。蔵六に止められ、佐和から説教され、自重して一晩ぐっすり眠った甲斐あって、終始冷静に行動できているのだ。

むろん、病状そのものは予断を許さない。

容態がいつ急変するか分からぬ以上、見舞いといえども、斗機蔵とは慎重に接しなくてはなるまいし、病室に行って半蔵が取り乱さぬように、佐和はしっかり目を光らせておくつもりだった。

二人きりになったところで、改めて念を押す。

「大丈夫でありますか、お前さま?」

「大事ない」

「まことですね? 安心してよろしいのですね」

我ながら少々しつこかったが、このぐらい言っておかなくては釘を刺したことにはなるまい。

「くどいぞ、佐和」

さすがに半蔵もムッとしたらしいが、文句までは言わない。佐和が夫のことを案じればこそ、わざわざ付いてきたと分かっている。

そこにおきぬが戻ってきた。

「先生がお呼びですよう、半蔵さん」

「されば、お目にかかれるのだな」

「もちろんだよう。半蔵さんがお見えになりましたよって申し上げたら、それはもう、大層なお喜びで……」

「左様であったか。かたじけない」

「どうぞお上がりなさいな、半蔵さん……い、いえ、笠井の殿様」

おきぬは慌てて言い直す。

佐和が向けた、キツい視線に気付いたのだ。

先程から気になってはいたが、この女中、やけに馴れ馴れしい。

昔馴染みか何か知らないが、入り婿とはいえ旗本の当主となった半蔵に敬意を払ってくれなくては困る。そんな意思を瞳に込め、じろりと見返したのだ。

だが、当の半蔵は怒りもしない。

「半蔵で構わぬよ」

おきぬに笑みを返し、式台に上がる。

佐和も草履《ぞうり》を脱ぎ、しおらしく後に続いた。

松本家の屋敷があるのは同じ千人町の一画、馬場横丁入り口の西角。限られた敷地内《うち》に道場まで設けていて母屋《おもや》が手狭な増田家と違って、部屋数も多い。

そんな屋敷内で佐和の目を惹《ひ》いたのは、廊下の途中の一室。

障子の隙間から見えた部屋の中には、役所の書物蔵を思わせる、大きな書棚が設けられていた。

肝心の蔵書は処分したらしく一巻も見当たらなかったが、これほどの棚が必要とされたということは、少なく見積もっても三百巻以上はあったはず。

「大したご蔵書家なのですね、松本先生は……」

「うむ。いつの間にか手放されたらしいが、書に限らず地図の類《たぐ》いもおびただしゅう集めておいでであったよ」

がらんとした書棚を横目に、二人は廊下を進み行く。

夫の後について歩きながら、佐和は驚きを新たにせずにいられなかった。

無学の半蔵に蘭学者の知人がいたこと自体、初めて知ったのだ。

八王子で付き合いがあったのは、天然理心流の兄弟子たちを除けば、多摩川の渡し場で出会った夫婦のような、気のいい庶民しかいないはず。そう思い込んでいただけに、驚きも大きい。

旗本の家付き娘として江戸市中で生まれ育った佐和は、八王子を含む武州一帯が武芸ばかりでなく、学問も盛んなことさえ今まで知らなかった。

中でも松本斗機蔵は、特筆すべき存在であるという。

寛政五年（一七九三）生まれの斗機蔵は当年四十九歳。蔵六と同じ千人同心の組頭である。今は亡き父の恭蔵《きょうぞう》から役目を引き継ぎ、志村組に属して働く一方で、蘭学者としても名を知られていた。

斗機蔵の学歴は、江戸の旗本や御家人の子弟にも引けを取らない。

最初に学んだのは漢学で、師匠は千人同心の仲間内で博覧強記《はくらんきょうき》と知られた塩野適《しおのてき》斎《さい》。幼少より四書五経の素読に励み、元服して間もない文化六年（一八〇九）には幕府の昌平坂《しょうへいざか》学問所で素読吟味を受けて及第し、褒美に白銀《はくぎん》三枚を授かっている。出世に直接つながるわけではない教養試験とはいえ、誰もが一度で受かるわけではなく、まして甲種合格したとなれば大したものだ。

（まこと、大したお方ですこと……）

かくして俊才に育った斗機蔵はかの最上徳内《もがみとくない》と交誼《こうぎ》を結び、蘭学に開眼。北方探検の第一人者であった徳内の薫陶を受け、千人同心組頭として働く一方で多くの蘭学者と交わって海外事情を研究調査し、沿岸に出没する異国船を砲撃で威嚇《いかく》するばかりでなく、交易を含む和親外交の必要を主張し続けた。

そして長年の研究をまとめた天保八年（一八三七）刊の『献芹微衷《けんきんびちゅう》』は、蘭学仲間の一人である藤田東湖《ふじたとうこ》を介して水戸徳川家にもたらされ、藩主の斉昭《なりあき》からも高い評価を受けたという。

以上は、蔵六から聞かされたことである。

佐和は半蔵を見直していた。

斗機蔵が大物なのはもちろんだが、これほどの人物と親しかった半蔵も、実は大したものではないか。これまで知らずにいただけで、十年連れ添った佐和も気付かぬ、秀でた点があるのではないか。

だとすれば、この機会に、ぜひ知りたい。

そんな思惑もあって、半蔵の見舞いに付いてきたのだ。

むろん、おくびにも本音は出さない。

「こちらです」

二人がおきぬに案内されたのは、離れの広い一室。

縁側に面していて、日当たりがいい。薬湯《やくとう》の匂いが漂い出ていなければ、誰も病人がいるとは思わぬことだろう。

半蔵は膝を揃えて廊下に座る。

佐和も座ったのを見届け、おきぬは訪いを入れる。

「半……笠井様と奥方様がお見えになりました、先生」

「通せ」

答えを受け、おきぬはすっと障子を開く。

半蔵と佐和は、揃って頭を下げた。

「おお……よく来てくれたのう……」

松本斗機蔵は布団の中から、精一杯の笑みを投げかける。

右肩を下にし、縁側に顔を向けて横になっている。やせ衰えて頬がこけ、目の落ちくぼんだ様が痛々しい。それでも半蔵と久しぶりに再会できたことが、今は嬉しくてたまらぬ様子であった。

挨拶を終えた半蔵は、すかさず枕元ににじり寄る。

きびきびしているだけでなく、相手に対する敬意に満ちた所作だった。

「長きに亘《わた》り無沙汰を重ね、心よりお詫び申し上げます」

「良い、良い。便りがないのは元気な証拠と申すであろう……」

重ねて頭を下げた半蔵に微笑みかける、斗機蔵の態度は鷹揚《おうよう》そのもの。

「どれ……ちと起こしてくれぬか、半蔵」

「大事ありませぬか？」

「なーに、しばしのことじゃ。おきぬも手を貸せ」

半蔵とおきぬに手伝わせ、斗機蔵は布団の上に座った。

思ったよりも元気である。

顔色も心なしか、明るくなったように佐和には見えた。

そんな斗機蔵を気遣いつつ、半蔵は語りかけた。

「まことにお懐かしゅうございまする。先だっても甲州まで出向きし帰りに立ち寄らせていただきましたが、あの折はちょうどご不在で」

「左様……江川《えがわ》殿に会いに、ちと韮山《にらやま》まで出向いておったのだ。あちらから来てくれると申されたが、昔馴染みとはいえ、お代官にご足労をおかけするのも心苦しい故な……しばらくぶりに遠出をしたのが、体に障ってしもうた……」

「そのようなご無理をなさるからですぞ」

「ははは……儂が病弱なのは昨日今日に始まったことではない。これしきの痛みなど慣れたものよ……はははははは」

「先生」

精一杯の笑い声を交えて語る斗機蔵を、半蔵は痛ましげに見やる。

病状が思わしくないことは、すでに蔵六から聞かされていて承知の上。

仰向けに寝られぬほど斗機蔵の背中は腫《は》れ上がり、今となっては切開して膿《うみ》を出すこともできなかった。皮膚の下が化膿して全身に毒が廻っており、医者にも手の打ちようがないという。

残された命は、せいぜい二十日。ひと月はまず保つまい。

死期が目の前に迫っているのを、半蔵はどうすることもできない。

動揺を表に表さぬように耐えながら、半蔵は唇を噛む。

と、斗機蔵が佐和に視線を向けてきた。

「半蔵、こちらの女人はどなたかな」

「拙者の妻《さい》にございまする」

「されば、そなたが噂の才気《さいき》煥発《かんぱつ》なる嫁御か……どれどれ」

興味深げに斗機蔵は目を凝らす。

男たちが佐和に向けがちな、いやらしい目とは違う。

佐和の美貌に、斗機蔵は微塵《みじん》も興味を示さない。人柄のみ確実に見極め、是非を問わんとする、柔和ながらも鋭い眼差《まなざ》しだった。

明日をも知れぬ身で、他人のためにこれほど力が入るとは――。

よほど半蔵に思い入れがなくては、こうはなるまい。

「……ふっ」

さすがの佐和も緊張を隠せぬ中、斗機蔵は静かに笑う。

「さすがは噂に違《たが》わぬ嫁御だのう……半蔵には勿体なかろう」

「め、滅相もございませぬ、先生」

「ははは、世辞ではないぞ佐和殿……それにしても、あのきかん坊だった半蔵が妻帯するとはのう……ははは……儂も年を取るはずじゃ……」

斗機蔵はしみじみとつぶやいた。

見れば、表情に疲労の色が濃い。

半蔵が再びにじり寄る。

佐和より早く動いたのはおきぬ。半蔵を手伝い、背中の腫れ物に体の重みがかからぬようにして、斗機蔵を横にさせる。

てきぱきと動かれて手伝うこともなくなった以上、佐和にできるのは、しおらしく挨拶をすることのみ。

「失礼をつかまつりまする、先生」

「うむ……碌《ろく》に話もできずに失礼したの」

「滅相もありませぬ。くれぐれもお大事になさってくださいませ」

佐和は深々と頭を下げた。

一方の半蔵は離れ難いらしく、枕辺に座ったまま。

斗機蔵が目を閉じても、腰を上げずにいる。

気持ちは分かるが、そろそろ引き上げるべきだろう。

長居しすぎては失礼であろうし、斗機蔵も半蔵が側《そば》にいては眠れぬはず。ただでさえ残り少ない体力が、ますます損なわれてしまう。

夫から冷たいと思われようと、ここは連れて帰らねばなるまい。

「お前さま」

呼びかける声は控え目だった。

ひとたび怒れば人目を憚《はばか》らぬ佐和も、病人の前で無茶はしない。ましてや、斗機蔵は明日をも知れぬ身。よほど可愛がっていたであろう半蔵を目の前で罵倒して、心を乱させるわけにはいかなかった。

しかし、半蔵は立ち上がろうとしなかった。

畳に座したまま、視線だけを縁側に向ける。

病室に風を入れるため、障子は開いたままになっている。

半蔵が鋭く見据えた相手は、いつの間にか庭先に立っていた浪人者。

「きゃっ！」

悲鳴を上げたおきぬを背後に押しやり、半蔵は縁側に走り出る。一方の佐和は斗機蔵の盾《たて》となり、胸前に差した懐剣に手を伸ばしていた。

「おぬし、何者だ」

「退《の》け若造！　儂が所望いたすは松本斗機蔵の一命のみぞ！」

誰何《すいか》されたのを一喝し、浪人はずんずん迫ってくる。

三十を過ぎた半蔵を若造呼ばわりするだけあって、若くはない。斗機蔵と同じ世代
――五十近くと見受けられた。

着物も袴も埃《ほこり》にまみれ、尾羽《おは》打ち枯らした身なりである。

腰の刀も古びていたが、手入れは申し分なかった。鉄の鍔《つば》にも鐺《こじり》にも錆びなど浮いておらず、柄の菱巻《ひしまき》の間から覗いた鮫革には手垢《てあか》ひとつ付いていない。鞘《さや》は鯉口《こいぐち》の廻りに籐《とう》を巻きつけ、漆で固めてあった。

その鞘を前進しながら左手で引き、陽光の下で抜き放ったのは、二尺三寸の定寸《じょうすん》物。鎌倉の昔の太刀を模して作られる、流行《はや》りの新々刀《しんしんとう》に比べれば短い印象を与えるが、振るうには最適な長さである。

半蔵のように身の丈が六尺近くても、刀は短めのほうが扱いやすい。

凶漢が抜いた刀と違うのは、半蔵の差料が本身に非ざることだった。

「む！」

縁側に仁王立ちとなった半蔵は、一気に鞘を払う。

きらめく陽光の下に露《あら》わとなったのは刃部《じんぶ》を潰し、斬れなくした刃引き。幾多の修《しゅ》

羅場《らば》を共に切り抜けてきた、半蔵の愛刀である。

「おのれ、邪魔立てするか!」

「当たり前だ。この慮外者《りょがいもの》め」

縁側から庭に飛び降り、半蔵は浪人の前に立ちはだかった。

「おのれっ」

浪人の刀がうなりを上げる。

応じて、半蔵は刃引きを横一文字にする。

ギーン。

白昼の庭に、重たい金属音が響き渡る。半蔵が敵の一撃を受け止めたのだ。

右手で柄を握り、左手で刀身を支えての防御を鳥居之太刀《とりいのたち》と呼ぶ。ここ八王子で修行に明け暮れた日々の中で身に付け、これまで幾度も半蔵の命を救ってきた一手である。

身の丈が高く、腕っ節も強い半蔵だが、振るう剣は攻めよりも護りに強い。

腕利きの剣客たちの攻めを凌《しの》いできた、護りの堅さは伊達《だて》ではない。

白昼堂々気配を殺し、病床の斗機蔵を狙った凶漢も、半蔵の防御を破ることは叶わなかった。

「うぬっ、これで終わったと思うでないぞ！」

捨て台詞《ぜりふ》を残し、悔しげに浪人は逃げ去る。

屋敷の中間《ちゅうげん》と若党が異変に気付き、駆け付けたときはもう遅い。

半蔵は後を追うことなく、斗機蔵の側に付いている。

急いて追跡しようとしなかった理由は、当人の口から語られた。

「仲間が居《お》っては危ない、な……」

慎重に辺りを見回しつつ、手にしたままでいた刃引きを鞘に納める。

斗機蔵は先程から眠ったまま。刺客を撃退した半蔵と、身を挺《てい》して盾になった佐和の二人に護ってもらったと気付くことなく、すぅすぅ寝息を立てていた。

蔵六が言ったとおり、病弱でも肝が据わっているのだ。

恩師の無事を確認すると、半蔵は佐和に向き直った。

「俺は決めたぞ、佐和」

「いかがなされましたのか、お前さま……？」

佐和は茫然と問い返す。

「まずは懐剣を鞘に戻せ。抜き身のままでは危なかろうぞ」

「は、はい」

半蔵に注意され、佐和は慌てて言われたとおりにした。

並外れて気が強く、知恵が回って弁も立つ佐和だが、剣の心得は武家の婦女子の嗜《たしな》みの域を出ていない。

斗機蔵の盾になったのも、夫の恩人を護りたい一念の赴くままに、無我夢中でやったこと。持ち前の気丈さで何とか体が動かせたものの、今は反動で半ば気が抜けてしまっていた。

冷や汗で濡れた髪を首筋に張り付かせたまま、佐和は夫の続く言葉を待つ。

果たして、告げられたのは信じ難い一言だった。

「俺は今宵より先生のお側を離れず、謹んでお護りいたす」

「えっ」

「そなたは共に居るには及ばぬ。増田先生のお屋敷に参るがよかろうぞ」

「お前さま……」

佐和は戸惑いを隠せない。

加えて気になったのは、決意も固い半蔵の傍らに座ったおきぬ。

刺客の出現に慌てふためき、斗機蔵を庇《かば》うこともできずに震えていたのが嘘の如く、今は落ち着いている。そればかりか冷ややかな笑みまで浮かべ、勝ったとでも言わんばかりに、佐和をチラチラ見やっていた。

(どういうことか……)

佐和の頭は混乱していた。

如何なる遺恨かは分からぬが、斗機蔵は命を狙われている。余命幾ばくもないとはいえ、故なくして非業の最期《さいご》を遂げさせてはなるまい。斗機蔵とは昔馴染みで可愛がられていた半蔵が、護りたいと言い出す気持ちも分かる。

だが、解《げ》せぬのはおきぬの態度。

半蔵の昔馴染みというのも、気にかかる。

そんな妻の不安を、半蔵は意に介そうとはしなかった。

「こちらの心配はいらぬ故、増田先生によしなにお伝えせい。お屋敷まで若党に供をさせるか?」

「いえ、お気遣いには及びませぬ……」

淡々と答えつつ、佐和は胸前に戻した懐剣を撫《な》でる。複雑にして切ない胸の内をぶちまけ、夫に食い下がろうとはしなかった。

愛妻の気も知らず、半蔵はおきぬに向き直る。

「よいか、気をしっかり持つのだぞ」

「あい」

答える声色は、明らかに甘えを帯びていた。何があっても自分は半蔵に護ってもらえる。そんな自信を感じさせる態度であった。

ただの昔馴染みというだけで、そこまで思えるものだろうか。

半蔵はてきぱきと言葉を続ける。

「お屋敷内の奉公人を余さず集めよ。これより先はお内儀とお子様方の身の安全も図らねばならぬ……交代で見張りに立ち、有事《ゆうじ》に備えるのだ」

「分かったよう」

おきぬは二つ返事で立ち上がる。

佐和のことなど、もはや眼中になかった。

六

一方の増田蔵六は、早々に屋敷へ戻っていた。

出仕したといっても近所の千人頭を訪ね、配下の同心たちの指導について少々打ち合わせをしただけのこと。

もとより大きな問題など生じておらぬし、公務そのものも忙しくはない。

千人同心の主な役目とされる日光東照宮の火の番は半年ごとの勤めで、出立《しゅったつ》は毎年五月と十一月のそれぞれ二十五日。派遣されるのは千人頭一名と同心五十名のみで、この冬にどの組が派遣されるのか確定するのは、ひと月前の十月下旬。まだまだ先のことだった。

公務よりも目下忙しいのは、自前の道場での指南。

蔵六は一服する間もなく羽織と袴を脱ぎ、稽古着に装いを改める。

屋敷と隣接する道場では常の如く、大勢の門人が蔵六を待ち受けていた。

「お早うございます、先生！」

「お早うございます！」

ずらりと並んで蔵六を迎え、口々に挨拶をする門人たちは汗まみれ。

朝早くから道場に群れ集まり、師匠の蔵六が顔を見せる前に、それぞれ基本の稽古を済ませていた。

千人同心ばかりでなく、近在の郷士や農民も多い。刈り入れが終わって農閑期を迎えれば、通ってくる者の数はさらに増えることだろう。

「先生、一手ご指南願いまする！」

門人が木刀を二振り持ってくる。

並外れて太い柄の直径は、実に二寸。

刀身には反りが少なく、丸太を思わせる外見をしている。

重さは優に三斤《きん》に達し、真剣にも増して重たい。木刀と言うよりも、体を鍛えるために用いる振り棒に近かった。

蔵六は門人と向き合い、作法どおり手を伸ばす。

木刀を構えるや、裂帛《れっぱく》の気合いが響き渡った。

「ヤーッ！」

「トォー！」

気合いも激しい打ち合いは、試合ではなく形稽古。

激しくぶつかり合う木刀も、技ごとに決められた手順に沿って振るっている。

とはいえ、ほんのわずかでも手許が狂えば怪我を負うので油断は禁物。まして並より太く重たい得物《えもの》を振るうとなれば、一瞬も気が抜けない。

稽古では相手に怪我をさせず、自分も怪我を負わぬのが大事。

しかし天然理心流の木刀は並外れて太く重いため、正しく扱わなくてはすぐに手首を痛めてしまうし、相手に当てれば重傷となる。

その代わり慎重に行えば、打ち込むときに手の内を締め、次の動きに移るときには緩める、本身で斬る刀さばきが自然と身に付く。

むろん、長大な木刀を使った稽古はキツい。下手をすれば自分はもとより相手も危険であるため、常に真剣に取り組まねばならなかった。

そんな過酷な修行にも、信頼できる師匠から的確な指導を受けていれば、安心して取り組める。

増田道場に集う門人たちにとって、蔵六は申し分のない指導者だった。

「お願いします、先生！」

「お願いします！」

目を輝かせて稽古を付けてもらう番を待つ、門人たちの列は続く。

自分を慕って集まる者たちを、無下に扱ってはなるまい。

そう思えばこそ、蔵六は常に手を抜かない。

無骨ながらも真摯《しんし》な指導が評判を呼び、門人は増える一方。江戸の試衛館を遥かに超える盛況ぶりであった。

高尾の山が夕日に染まり始める頃、増田道場の一日は終わる。

門人が井戸端《いどばた》で汗を流して着替えるのは、床を拭《ふ》き、備え付けの木刀と棍《こん》を片付けてからのことである。

「おい、雑巾《ぞうきん》が足りぬぞ！」

「ぐずぐずいたすな、早うせい！」

飛び交う声こそ荒っぽいが、誰一人として手を休めていない。

新弟子たちが先を争って雑巾がけに励むのを見守りつつ、古株の面々は太く重たい得物を一振りずつ磨き上げ、壁際の木刀架けに戻していく。

陽が沈みきる前に、道場の片付けは終わった。

門人たちは速やかに着替えを済ませると、三々五々帰って行く。

むろん、道場を出るときは蔵六に挨拶するのを忘れない。

「ありがとうございました、先生！」

「ありがとうございましたー！」

「うむ。また明日……な」

最後の一人が帰っていくのを見送ると、蔵六も道場を後にした。

さっさと引き上げず、道場に残って送り出すのはいつものこと。

門人たちは、みんな見ていて頼もしい。

強さも上手さも一人ずつ異なるが、どの者も日を追うごとに上達しつつある。それぞれ稽古の進み具合に応じ、蔵六の教えを汲み取って成長しているのだから、教える側として嬉しいのも当然だった。

門人が確実に育っていることは、千人同心の組頭としても喜ばしい。

幕府に危機が迫ったとき、将軍を護って戦う力が必要だからだ。

将軍直属の家臣である、旗本や御家人は頼りない。

いざというとき役立つのは、この武州に根付いた天然理心流の修行者のみ。蔵六はそう確信していた。

田舎剣術と揶揄する直参どもに、そのときこそ目に物見せてやる。

揺るぎない自負の下で、蔵六は日々の指導に励んでいた。

妻に先立たれ、息子を亡くした寂しさも、熱心に通ってくる門人たちに稽古を付けていれば自ずと紛れる。

そんな蔵六も、松本斗機蔵のことばかりは悔やまずにいられなかった。

天然理心流の達人である蔵六が千人同心の「勇」ならば、水戸藩に才を認められた斗機蔵は「知」の象徴。このまま死なせるには忍びないが、医者もさじを投げているとあっては、どうにもなるまい。

「書ばかり読ませておかず、少しは鍛えておけばよかったのかもしれぬ……」

母屋につながる廊下を歩きながら、つぶやく蔵六の表情は暗い。

取り乱した半蔵を落ち着かせるために昨夜は嘘を言ったものの、病状が深刻なのはもとより承知の上だった。その半蔵も今日は本人と面会し、長くは保たないと悟ったことだろう。

それにしても、戻りが遅い。

蔵六が風呂に入り、着替えを済ませても、半蔵と佐和は帰ってこなかった。

とっくに日は暮れたのに、どこで何をしているのか。

やむを得ず、蔵六は先に食事を済ませた。

それでも二人は戻らない。食後の茶を喫し終えても、ついに姿を見せなかった。

「どうしますか、旦那さま」

給仕の相手が揃わぬ女中は、手つかずの膳を前に困惑するばかり。

「致し方あるまいな。後は佐和殿に任せるといたす故、今宵は休め」

蔵六は自分の膳だけ先に片付けさせ、女中を帰した。

何とも解せないことである。

明日をも知れぬ重病人の許で、いつまでも長居をするはずがない。

半蔵が一人きりで見舞いに行ったのならば、弱り切った斗機蔵の側を離れがたくて居残ったとも考えられたが、あのしっかりした嫁御が付いている限り、子どもじみた真似など許すまい。

まして、斗機蔵の屋敷は同じ千人町。半蔵がぐずぐずしていれば、引きずってでも連れて帰ってくれるであろう佐和なのに、今日は一体どうしたのか。

「まことに遅いの……」

つぶやきを半ばで打ち切り、蔵六は顔を上げる。

「佐和殿か」

「ただいま戻りました……遅うなりまして申し訳ありませぬ」

答える佐和の表情は暗い。

斗機蔵の屋敷を出た後、どこをどう彷徨《さまよ》ったのか、自分でも覚えていない。逃げた刺客が戻ってきて自分を襲う危険さえ、頭から抜けてしまっていた。

茫然《ぼうぜん》と座り込んだのを、そのままにはしてはおけない。

無言で歩み寄り、蔵六は佐和の手を取った。

何も聞かず、膳の前まで連れて行く。

この様子では、自ら給仕をさせるわけにもいくまい。

「しばし待たれよ」

一声告げ置き、台所に立つ。

まずはかまどの埋《うず》み火を熾《おこ》し、鉄鍋の味噌汁を温め直す。

同じ一汁一菜といっても、処《ところ》が変われば品も変わる。

江戸市中では町人の食べ物とされ、武家の食膳に上ることのない味噌汁も、蔵六は好んで口にする。塩辛いばかりの吸い物よりも、体に力が付くと思えるからだ。今日のおかずは野菜の煮物だが、山鳥や獣の肉も好物であった。

そんな武州の主食は麦が中心。

ふだんは米や雑穀を混ぜているが、丸麦だけ煮炊きすることもある。

「麦飯ばかりで相済まぬが、たんと上がるがよかろうぞ」

「……いただきまする」

佐和はぎこちなく箸を取った。

半蔵に突き放された衝撃から、まだ立ち直りきってはいない。

それでも食膳に向かったのは、給仕をしてくれた蔵六に申し訳ないと思えばこそ。

殿御が台所に立つなど、江戸では有り得ぬことである。

蔵六は終始にこやかだった。

「何としたのだ、早う箸を付けるがいい」

「は、はい」

佐和は黙々と飯を噛み、汁を飲む。

火鉢では鉄瓶が湯気を上げていた。

食事を終えるのを待って、蔵六は茶を淹《い》れる。

自分からは、何も問わない。

「成る程のう……」

蔵六は辛抱強く、問わず語りで佐和から一部始終を聞き出した。

もちろん、聞き出した中で最も気がかりなのは、斗機蔵が命を狙われたこと。

明日早々にも千人同心に触れを出し、屋敷の警固と刺客の探索に乗り出さなくてはなるまいが、今宵のところは半蔵が側に付いていれば安心だろう。

それにしても、気の毒で見ていられないのは佐和である。

「そのまま、そのまま」

食事の後片付けをしようとするのを、蔵六はやんわり押しとどめた。

「よろしいのですか？」

「後は任せて、早う休むがいい」

「お、恐れ入りまする……」

恐縮しつつ、佐和は寝所に下がっていく。

見送る蔵六の胸中は複雑だった。

半蔵が訳も分からぬまま斗機蔵に肩入れし、愛妻をほったからしてまで警固せずにいられないのは、気の毒だが納得してもらわざるを得まい。

旗本の子でありながら義母に冷遇されて学問所にも通わせてもらえず、無学なまま武州に送られた半蔵を斗機蔵は馬鹿にせず、多忙な学究の合間を縫《ぬ》って、初歩の初歩から読み書きを教えてやったからだ。

半蔵が少年の頃に受けた恩に謝し、泊まり込みの警固を志願しただけならば、蔵六とて何も言うまい。

気がかりなのは、斗機蔵の屋敷で働く女中のおきぬ。

佐和がそのことを一番気にしているのも、重い口でぽつぽつ語った、話の端々《はしばし》から察しが付く。

「まこと、男と女は難しい……」

何気なくつぶやいた一言が自分にもいずれ降りかかってくるとは、まだ気付かずにいる蔵六だった。

第二章　若気の至り

一

半蔵と再会できたのは、おきぬにとって思いがけない喜びだった。

嫁いびりに耐えて十年目、齢《よわい》を重ねて弱った姑《しゅうとめ》に反撃しすぎて夫から三行半《みくだりはん》を突き付けられ、実家からも見放され、伝手《つて》を頼って松本家の屋敷に奉公して半年目。かつての恋人は、ひとかどの武士となって現れた。

（子どもの頃に言ってたとおりだ。立派なおさむらいになんなすったなぁ……）

台所で夕餉《ゆうげ》の支度をしていても、考えるのは半蔵のことばかり。

（男っぷりにも磨きがかかって……ふふっ）

微笑《ほほえ》みながらも、仕事の手は休めない。濡らした手のひらに塩をまぶし、器用に杓《しゃ》文字《もじ》を使いながら、サッ、サッとおひつの麦飯を握っていく。刺客が再び襲ってきたときに備えて警戒を怠らずにいる、男たちのための夜食であった。

半蔵はあれからずっと、病室前の廊下に陣取っている。

屋敷の中間《ちゅうげん》と若党もそれぞれ見張りに立ち、油断無く目を光らせていた。

いずれも士分ではないものの、腕っ節の強さは折紙《おりがみ》付き。増田道場に通って鍛えた剣の腕は、甲州街道を荒らす無頼の浪人どもにも引けを取らない。

江戸市中と違って役人の目が行き届かず、悪党が跋扈《ばっこ》しがちな武州では、命と財産を自分たちの力で護ろうとする、自警の意識が極めて高い。ふだんは野良仕事をしていても、いざとなれば戦えるように鍛えているのだ。

まして松本家は先祖代々、千人同心の組頭。

当主の斗機蔵こそ病弱だが、配下の同心たちは剣だけでなく鑓《やり》も得意とし、多摩川の流れに立って長柄《ながえ》を振るう鍛錬を欠かしていない。

しかも同じ組頭の増田蔵六は、天然理心流の一門を率いる身。必要となれば門人を幾らでも寄越してくれるだろうし、いざとなれば自ら戦ってくれるに違いない。何はともあれ押っ取り刀で駆け付け、斗機蔵の安否を確かめようとするはずだ。

ところが、まだ蔵六はやって来ない。すぐさま招集されるはずの門人も、誰一人として姿を見せていなかった。

（ううん、おかしいねぇ……）

とっくに佐和は増田家に戻り、事の次第を蔵六に伝えてくれたはず。にも拘《かか》わらず、まだ一人も現れない。

不安に思いながらも、おきぬは夜食の握り飯をこしらえるのに忙しい。蔵六と門人たちが来てくれたときは早々に渡せるように、飯は多めに炊いてある。

斗機蔵の妻は早々に夕餉を済ませ、屋敷の奥に引き籠《こ》もっていた。刺客の再襲撃に備えた半蔵の指示とあっては文句も言えず、夜食作りも一人でやるしかない。

桶の冷水で手のひらを濡らしつつ、おきぬは熱々の飯を握る。

麦飯は握っていて、ぽろぽろするのが困りもの。その代わり、白飯とは違った雅味《がみ》があり、塩をきつめに効かせると美味《うま》い。

あらかじめ用意しておいた竹の皮にむすびを三つずつ、刻んだ大根漬けを添えて包んでいく。たくし上げた袖から覗く、二の腕の白さがまぶしい。

（半蔵さんはおむすびが好きだったなぁ……）

懐かしげに目を細めるおきぬは、当年二十七歳。佐和と同い年である。水仕事で手こそ荒れていたが、毎日忙しい割りには老け込んでいない。胸と腰の張りは佐和より豊かで、色つやの良さも負けてはいなかった。

「これで良し……と」

おきぬがまず向かった先は、奉公人仲間の男衆の持ち場。

表門と裏門を見張る中間たちから先に届けてやり、若党は後に回す。

「遅いぞ、おきぬ」

玄関脇の部屋に詰めていた若党は、不機嫌そうに視線を向けてくる。

「はいはい、すみませんねぇ」

おきぬは逆らうことなく、愛想笑いを返すのみ。

若党は年下のくせに生意気な男。あるじの斗機蔵が重い病で明日をも知れず、ただでさえピリピリしていたところに刺客まで現れて、警固《けいご》で気が張り詰めるのも無理はあるまいが、ふだんから年上に対して口が過ぎる。いつもなら嫌みの二つ三つも言い返してやるところだが、今宵のおきぬは大人しかった。

「ん？　これだけか」

竹皮包みを差し出され、若党はムッとした顔になる。

「はい。そうですよ」

「そうですよとは何だ……ふん、手を抜きおって」

さらりと答えるおきぬをにらみ、若党は不満げに鼻を鳴らした。

「それに野山ならばいざ知らず、ここはお屋敷内だぞ。言われずとも茶ぐらいは気を利かせて持って参らぬか」

「はーい」

澄ました顔で答えつつ、おきぬは胸の内でほくそ笑んだ。

今のところ、半蔵との間を疑われてはいないらしい。

おきぬが半蔵を後回しにし、先に奉公人仲間に夜食を届けたのは、余計な噂が立つのを防ぐため。十年前まで二人が付き合っており、江戸から見合い話さえ来なければ一緒になっていたかもしれないことは、八王子の誰もが知っている。

礼儀としては、あるじの客である半蔵へ真っ先に持っていくべきだが、迂闊《うかつ》な真似をすれば有らぬ噂を立てられかねない。

同じ屋敷で働く仲間だからこそ、油断は大敵。

何食わぬ顔で若党に茶を淹《い》れてやると、おきぬは斗機蔵の病室に向かう。

早く顔を見たい気持ちを抑え、ゆっくり歩を進める。

半蔵は黙然《もくねん》と廊下に座し、半眼《はんがん》になっていた。

居眠り中と思いきや、おきぬが間合いに入ったとたんに目を開く。

「きゃっ！」

「何だ、おきぬさんか……」

気付いたとたん、半蔵は苦笑した。

「驚かせてしもうたなぁ。すまん、すまん」

とっさに引き寄せた刀を左膝の脇に戻し、見返す表情は柔和そのもの。十代の頃と変わらない、優しくも頼もしい笑顔であった。

「ほんとにびっくりしたよう」

文句を言いながらも、おきぬの声の響きは甘い。

「はい、お夜食」

「かたじけない」

受け取る半蔵も、思わず顔をほころばせる。

竹皮包みを拡げる手付きも、浮き浮きしていた。

「おお、塩むすびではないか」

「何ですよう、そんなに珍しそうに」

「まことに珍しいから申しておるのだ。ううむ、懐かしいなぁ……」

感慨深げにひとつ取り、がぶりと一口。

「うむ……美味い」

本気で感動してくれているらしい。

おきぬは感無量だった。

何もご馳走を持ってきたわけではない。少し強めに塩を効かせただけで、具も何も入っていない、しかも麦が多めに入った握り飯。白い飯が好きなだけ食えるという江戸市中で十年も暮らしていれば、見向きもしないはずの代物《しろもの》だ。

それを半蔵は懐かしそうに、見る間にぱくぱく平らげていく。

茶はもとより水さえ求めず、瞬く間に三つのむすびを食べてしまった。

漬け物まで一切れ残さず口に運び、半蔵は満足そうに竹皮を畳む。

おきぬはすかさず手を伸ばし、畳んだ竹皮を受け取る。

「かたじけない……まこと、美味であったぞ」

「嫌ですよう、水くさい」

笑顔で答えつつ、すっとおきぬは手を伸ばした。懐かしさと親しみを込め、半蔵の手を握りたくなったのだ。

しかし、対する半蔵は冷静だった。

握ろうとした指をかわすや、小声で告げる。

「どこで誰が見ておるか分からぬぞ」

「あ……」

おきぬはサッと手を引っ込める。たしかに半蔵の言うとおりだった。

屋敷の奉公人仲間たちがおきぬに冷たいのは出戻った理由を知っており、また同じ間違いを犯すやもしれぬと見なしていればこそ。中間や若党は言うに及ばず、同性の飯炊き婆さんも油断ができない。今宵は先に休ませたからいいが、もしも台所に一緒にいれば塩むすびをこしらえる様をじっくり観察し、未練がある半蔵に特別大きいものを持っていった、あれは怪しいなどと、有りもしない噂を立てられていただろう。

十分に気を付けたつもりでいながら、おきぬは用心が足りていなかった。

「ごめんよ、半蔵さん」

己の迂闊さを恥じつつ、おきぬはぼやく。声を低めるのは忘れていない。

「まったく嫌な連中だよ。壁に耳あり障子に口あり、だねぇ」

「それを言うなら障子に目あり、だぞ」

「そうか」

おきぬは思わず吹き出した。

やはり、半蔵は昔と変わっていない。体が大きく、いつもボーッとしているようでいながら勘働きが鋭く、気が利かぬようでいて、細かい配慮ができるのだ。

それに、何よりも人徳がある。

だから言い間違いを訂正されても、腹が立たない。

他の男から同じ指摘をされれば、おきぬは逆上していただろう。

しかし半蔵になら、何を言われても気にならなかった。所帯を持っても夫婦の間に波風が立つことなく、ずっと安らかに過ごせたはず。

まったく申し分ないのに、どうして佐和は高飛車《たかびしゃ》なのか。

あの女は、並外れて気が強い。

最初に顔を見たときから、おきぬは気付いていた。

会って早々から、察しが付いたことである。

そんな予想が確信に変わったのは、斗機蔵の命を狙って刺客が現れたとき。

思わぬ敵を前にして懐剣を抜き、自ら迎え撃とうとしたのは、よほど腹が据わっていることの証左。武家女であっても、誰にでも同じ真似ができるわけではない。大した度胸の持ち主と認めてやるべきだ。

だからといって、高慢に振る舞っていいとまでは思えなかった。

男ならば誰であれ、斯様《かよう》な扱いをされて腹が立たぬはずがない。

だが、半蔵は立場の弱い入り婿。人のよさもあって文句を言わず、今日まで佐和に従ってきたのだろう。

もちろん、おきぬは難癖を付けられる立場ではない。

半蔵の良さと値打ちは、あの女より理解できている。

されど、半蔵は望んで婿に入った身。

その心境を思えば、迂闊なことは言えない。

（半蔵さん……あんな女の尻に敷かれちまってて、かわいそうだなぁ……）

そんなことを思われているとは、半蔵は気付いてもいなかった。

恩人の斗機蔵を、最期まで護ってみせる。

回復が望めぬのなら、せめて心安らかに臨終の時を迎えさせてあげたい――。

揺るぎない決意の下で敵と戦い、打ち倒すことのみを考えていた。

二

されど、腹が減っては戦《いくさ》はできぬ。

昔馴染みのおきぬがこしらえた塩むすびは、半蔵にとって何とも嬉しく、懐かしいものであった。

満腹した後には、食休みも必要だ。

「あー、美味かった……」

半蔵は縁側に座って、おきぬが淹れてくれた茶を啜《すす》る。

もちろん、刺客を迎え撃つ備えに抜かりはない。休憩中も気を抜かず、不審な者が現れれば即座に応じる姿勢を保っている。刀は左膝の脇に置き、いつでも引き寄せて鯉口《こいぐち》を切り、抜き打てるようにしていた。

強く優しく、頼りがいも十分。

かつての青い少年は、魅力溢れる大人の男に成長した。

まったく、佐和はどうかしている。

これほど申し分ない夫に対し、お高く振る舞うとは何事か。

つくづく半蔵が気の毒であるし、これでは自分が身を退《ひ》いた意味が無い。

おきぬは十年前、半蔵の縁談が調うのを待って嫁に行った。

引き下がったのは、将来の妨げになってはいけないと思えばこそ。

しかし半蔵の現状を見る限り、本当に良かったのかと悔やまずにいられない。

「どうしたのだ、おきぬ?」

「な、何でもないよう」

おきぬは慌てて首を振る。

夫婦の仲に、他人が余計な口を挟んではなるまい。

傍目《はため》にどう見えようとも、当人同士が幸せならばいいではないか。

そう思い直し、おきぬは言った。

「一人で帰されちまった奥方が、寂しいんじゃないかと思っただけだよう」

「そのことか……心配をかけて相済《あいす》まぬな」

ごまかされたのに気付かぬまま、半蔵は微笑んだ。

「されど、案じてもらうには及ばぬぞ。佐和はしっかりしておる故《ゆえ》」

「まぁ、そうだろうね」

「左様……あれほど出来た嫁御は居《お》らぬよ」

半蔵はしみじみとつぶやいた。

「されど、如何《いか》に出来た嫁を持とうと苦労は絶えぬ……いや、苦労と思うてはならぬのだが……な」

「どうしたんだい、半蔵さん？」

「まぁ、いろいろとな」

半蔵はごろりと横になる。今夜も星がきれいだった。

江戸市中の喧噪《けんそう》から離れた武州では、夜空も澄み切っている。

満天の星を見上げ、半蔵はつぶやく。

「ふっ……すまじきものは宮仕《みやづか》え、か」

「えっ」

おきぬは絶句した。

勘定所勤めを嫌がっていると理解するまでに、しばしの時を要した。

おかしなことを言い出すものである。

入り婿とはいえ旗本の当主になっておきながら、何を嫌がっているのか。

半蔵は出世のために縁談を受け入れ、江戸へ戻った。

今日まで、おきぬはそう信じてきた。

もとより半蔵は天然理心流の腕利きであり、地元でも知られた顔。さすがに千人頭は難しくても、組頭や平同心の家ならば、望むがままに養子に入れたことだろう。

それが敢えて江戸に戻り、笠井家に婿入りしたのは、かつて自分を捨てた村垣の家を見返したいと思えばこそだったはず。

おきぬに限らず、八王子の人々はみんなそう信じ込んでいた。

そんな半蔵の口から、宮仕えを嫌がる言葉が飛び出すとは考えられない。

本当に、一体どうしてしまったのか。

「大丈夫なのか、半蔵さん」

「むろん正気だ」

「だったら、なんでそんなことを言うんだい」

「俺が妙なことを口走ったとでも申すのか？」

「だってそうだろう。御勘定所勤めが嫌だなんて……」

「ああ、そのことか」

半蔵は苦笑した。

「心得違いをいたすな。俺は何も、働くのが嫌になったわけではないのだ」

「じゃ、何を悩んでいるんだい」

「苦労が絶えぬと申したであろう」

「それは夫婦の間の話じゃないのか」

「さに非《あら》ず。何より辛いのは、役目の上のことよ」

「そんなにお役目が嫌なのかい、半蔵さん」

「うむ……」

「どうして」

おきぬは重ねて問うた。

「まさか、まだ算盤《そろばん》が苦手だからって言うつもりじゃないだろうね」

「左様に申さば、何とする」

「甘ったれちゃいけないよ」

おきぬはぴしゃりと言った。障子の向こうで熟睡している斗機蔵を気遣い、声こそ低くしているが口調は厳しい。話し方も敬語を抜いた、昔のものに戻っていた。

「お前が婿入りしたのは御勘定方の家なんだろう? 子どもじゃあるまいし、今さら算盤が苦手なんて言っててどうするんだい」

「おいおい、原因は算盤と決め付ける気か」

「違うのかい」

「そこまで申すなら、証拠を見せるか……」

半蔵はふっと微笑んだ。

取り出したのは携帯用の算盤だった。

「さ、問いを出してみよ」

「えっ」

「少々難しゅうても構わぬぞ」

戸惑うおきぬに、半蔵は続けて促す。

「早《はよ》うせい。そなたは算法《さんぽう》が好きだっただろう」

「そんなの子どものときの話じゃないか。何を今さら……」

「ははは、自信がないのか」

「な、何をお言いだい」

挑発《ちょうはつ》めいた一言に、おきぬはムッとした。

「後悔したって知らないよ、半蔵さん」

「何の、何の。眠気覚ましに相手をしてつかわそう」

半蔵は自信たっぷり。

手にした算盤をチャッと鳴らし、見返す態度も余裕綽《しゃくしゃく》々。

「くっ……」

言われたとおり、おきぬは大の算法好きだった。

和算の学徒が神社に奉納した算額《さんがく》を見るとわくわくし、自分で解いてみようとせずにはいられない。手習いの宗匠に教わるだけでは飽きたらず、まだ若かった斗機蔵にせがんで難問を出してもらうこともしばしばであった。

対する半蔵は算盤が大の苦手。嬉々《きき》として難問を解くおきぬをよそに、いつも逃げ回っていた。大人になったからといって、ややこしい計算にサクサク対応できるとは考え難い。もしも虚勢を張っているのなら、この機会にやり込めて反省させたほうが半蔵のためというものだ。

茶を載せてきた盆を傍《かたわ》らに置き、おきぬは座り直す。

「それじゃ行くよ」

「うむ」

「いま盗賊集まりて絹と布とを分け取るあり。その数を知らず……」

半蔵が算盤を構えるや、おきぬが出題したのは暗記している絹盗人《ぬすびと》算。名前のとおり、賊が戦利品を分配するという想定の問題だ。

「……絹四反半《たん》ずつ分くれば八反不足す……布二反ずつ分くれば十一反余る……絹布合《あい》七反ずつ分くれば七反足らず……か」

つぶやきながら、半蔵は矢継ぎ早に指を動かす。

決して早くはないが落ち着いた、確実な指さばき。

間違いをしなければ、結果として答えが出るのも早い。

「人数二十、絹八十二反、布五十一反、だな」

「ご名答……しばらく見ないうちに上手くなったもんだね、算盤」

「要は何事も心がけと慣れ……だな」

半蔵は得意げに答える。昔馴染みの鼻を明かし、無邪気に笑う様は愛らしい。

そんな半蔵を前にして、おきぬも笑みを誘われる。

「ふふ……」

「ははは」

お互いに、十年前に戻ったかのような気分だった。

付き合いの始まりは二十年近く前のこと。

最初は亡き近藤三助方昌が名主を務める戸吹村で暮らし、その方昌が亡き後にここ八王子の千人町に移ってきて、半蔵はおきぬと知り合った。

おきぬは小さいながらも八王子宿の商家の娘。実家は絹織物を扱っていた。今は兄夫婦が店を継ぎ、それなりに羽振りもいい。

半蔵が武士を捨てる気になれば、祝言《しゅうげん》を挙げて暖簾《のれん》分けもしてもらえたはず。

しかし結局、半蔵は佐和を選んだ。

落ち着いて考えてみれば、おきぬにとっては腹立たしい限りである。

要するに、捨てられたからだ。

厳しい稽古と野良仕事に明け暮れるのを励まし、めげそうになるたびに優しくしてやったのは、一体誰だと思っているのか。

それまで逢瀬《おうせ》を重ねた結果、身ごもっていれば話も違った。

子どもができたとなれば、半蔵はおきぬを嫁にせざるを得なかっただろう。

当時のおきぬに今ぐらいの知恵と度胸があれば、座布団でも着物の下に詰めて孕《はら》んだ振りをし、半蔵を騙《だま》して破談にさせるのも容易《たやす》かったはず。気付いて激怒しても後の祭りで、どのみち受け入れるしかなかったに違いない。

だが、あの頃のおきぬは引っ込み思案であった。

相手の家付き娘が旗本八万騎の家中一の美貌の持ち主で、家斉公から大奥入りを望まれて拒絶できるほど気丈とあっては、勝負になるまい。そう考えて泣き寝入りし、嬉々として八王子を後にする半蔵に追いすがることもできなかった。

（あーあ、昔のあたしはウブもいいとこだったね……）

もとより、悔やむつもりは皆無《かいむ》である。

この十年の間に、おきぬは強くなった。

腹が据わったと言うべきだろう。

（為せば成る、為さねば成らぬ何事も……か。ふふっ、そのとおりさ）

十年前には思いも寄らなかった発想である。
事を始めるのに遅いことはない。
今やおきぬは離縁され、独り身に戻った身。
半蔵がその気になってくれれば、やり直せるのだ。
さて、どのように口説き落とすのか——？

三

八王子の夜が更けてゆく。
昨夜は半蔵と共に休んだ寝所で一人、佐和は眠れぬ夜を過ごしていた。
（あの女め、小賢《こざか》しいこと……）
床の中で考えるのは、おきぬのことばかり。
なぜ、ああも自信が持てるのか。
去り際に浮かべた、どこか勝ち誇った表情のことである。
思い当たる理由といえば、ひとつしかない。
佐和が知らぬ十代の半蔵と、おきぬは親しんだ仲。

その頃に、恋仲だったのではあるまいか。

実のところを知りたい。何とかして確かめたい。

手っ取り早いのは、おきぬに直接問い質《ただ》すことだろう。

眠れぬほど思い悩むぐらいなら、あのまま帰ってくるべきではなかった。

しかし、すでに時は深夜である。

こんな遅い時分にのこのこ戻ったところで、おきぬばかりか半蔵からも、不自然に思われるばかりだろう。半蔵に嫌われてしまっては、元も子もない。

それに、佐和には矜持《きょうじ》というものがある。

旗本の家付き娘の立場を振りかざし、この身の程知らずめとおきぬを貶《おとし》めて喜べるほど、単純にはできていないのだ。

おきぬとは正々堂々、真っ向から勝負をしたい。

これは避けられぬ勝負であった。

このまま放っておけば、いずれ半蔵を取られてしまう。

あの女は、そんな危機感を佐和に抱かせるのだ。

物騒《ぶっそう》な真似をするつもりはなかったが、何とかしてやり込めたい。

そもそも、挑んできたのはおきぬ。

逃げることは許すまい。

(ふっ……)

奇妙な昂《たかぶ》りを覚えつつ、佐和は寝返りを打つ。

どのみち眠気を覚えぬのなら、あれこれ思案を巡らせるつもりであった。


眠れずにいたのは、蔵六も同じだった。

どのようにして恋敵《こいがたき》と戦おうかと、悩んでいるのとは違う。

何も佐和に懸想《けそう》し、半蔵をどうこうしようと考えてはいなかった。

悩んでいたのは、あの女人が弟弟子の手に余るという事実。

半蔵が佐和にべた惚れなのは、見ていて分かる。

だが、愛情が一方通行では意味がない。

ふつうに考えれば、このままでもいいのだろう。

世の夫婦、とりわけ武家はおおむね建て前のみでつながっている。子を生《な》して家名を存続させることさえできれば、それで良いのだ。

されど、笠井夫婦は事情が違う。

半蔵は見合い相手の佐和に一目惚れし、婿入りを決めた身。

旗本の当主になりたかったわけではなく、佐和が恋しい一念で婿入りしたのだ。

相手の美醜など意に介さず、欲得ずくで縁談を決める男たちとは違うのである。

当時の半蔵が熱を上げていたのは、もとより蔵六も承知の上。

実際に佐和と会ってみて、理由がよく分かった。

蔵六とて若い時分に縁談を持ち込まれれば、目の色が変わったことだろう。

佐和は、美しいだけの女人ではない。

気が強い上に弁が立ち、腹が据わっている。昨夜、半蔵が言い負かされる一部始終のやり取りを耳にして、実感したことであった。

気の弱い男はしとやかな美貌の裏に隠されたキツさを知って驚き、二度と近付かぬことだろう。自信のある手合いでも、そう長くは付き合えまい。

その点、半蔵は器用なわけでもなく、貫禄《かんろく》も備わっていない。にも拘わらず十年共に暮らして来られたのは、並外れて辛抱強ければこそ。

（まこと、大した奴よ……）

そこのところだけは、蔵六も少々誇らしい。

これも亡き方昌が天然理心流の手ほどきをし、自分が後を引き継いで、じっくり稽古を付けてやった成果と見なすべきか。

認めてやりたいが、手放しに褒めてはやれなかった。

二人の暮らしには、矛盾がある。そう見抜いていたからだ。

笠井夫婦は佐和が叱り、半蔵が耐えることで成り立っている。

それが日常茶飯事ならば、いずれ一方が腐ってしまうのではないだろうか。

兆候《ちょうこう》らしいものは、すでに見えていた。

先だって八王子に一人で立ち寄った折、半蔵は疲れ切っていた。何があったのかは明かさなかったが、ひどく疲れていたのをよく覚えている。

しっかり者の妻女が陰で支えていれば、ああはなるまい。

そして今日は、佐和がぐったりしてしまっている。

松本家で何があったのか詳しくは分からぬが、よほど心身共に疲弊《ひへい》したらしい。

この夫婦、本当に大丈夫なのか。

蔵六は心配でならなかった。自ら台所に立って支度し、夕餉を食べさせたのも元気を出させるために他ならない。それほどまでに佐和はもとより、半蔵のことも案じられて止《や》まなかったのだ。

(空回りを繰り返しては、共に疲弊するばかりぞ……)

説教は相手が反省し、向上してこそ意味がある。

果たして、半蔵は佐和が望む方向に育っているのか。

結果として忍耐を強いるばかりで、相手に肝心の進歩が無ければ、キツくすること自体に意味がない。

（あやつ、どこがどう変わったのであろうな……）

床の中で蔵六は考える。

（外見にようやっと、年相応の貫禄が備わって……いや、まだ甘いな。青二才と呼ばざるを得まい。面構えはそれなりだが、嫁御を見るたびに目を細めすぎじゃ。離れて歩いていても、惚れ抜いておるのが傍目《はため》にも丸分かりであろうぞ……）

半蔵に下した、蔵六の評価は辛《から》かった。

本来ならば、こんなことを考えている場合ではない。

仲間の松本斗機蔵が、刺客《しかく》に襲われたのだ。

今からでも押っ取り刀で松本家に駆け付け、そのまま泊まり込んで、半蔵ともども警固《けいご》をするべきであった。昼下がりの襲撃は半蔵だけで退けたとはいえ、刺客どもが徒党を組み、今度は集団で襲いかかってくれば危なかろう。

にも拘わらず蔵六が屋敷に残ったのは、佐和の身の安全を図るため。

佐和は気こそ強いが、剣の腕まで抜きん出ているわけではなかった。

これからでも修行を積めば、かなり強くなるはずだ。しかし、今の腕前は贔屓目《ひいき》に見ても、ふつうの武家女の域から出ていない。

なればこそ、しっかり護ってやらねばなるまいと蔵六は思う。

目を離した隙に万が一のことがあっては、申し訳が立たぬではないか。

むろん、何か異変があれば松本家にも駆け付ける所存だった。

斗機蔵は千人同心の宝である。

悲しいことだが、重い病で果てるのはどうにもしてやれない。

だが刺客を退けて、不名誉な死を遂げるのを避けさせることはできる。

それにしても、解せぬ話であった。

斗機蔵を襲った刺客の動機が、蔵六には想像がつかなかった。

長くは保《も》たない男の一命を、なぜ狙うのか。

よほど恨みが深いのか。あるいは、そうしてくれと頼まれたのか。

蔵六の立場としては半蔵と佐和の仲を気にするより、刺客の正体を突き止めることにもっと力を入れるべきだろう。

そのことは明日早々に手配するつもりである。

武州一円の門人に回状を廻し、協力を頼めば、八王子に潜伏した不審者を炙《あぶ》り出すのも難しくはない。探索は門人たちに任せ、半蔵は警固に専念させればいい。

（されど、あやつばかり当てにはできぬ……）

兄弟子として抱いた、もっともな意見だった。

不肖の弟弟子は、まだ甘い。

昨夜の如くガンガン言われていては、成長が足りぬとしか思えない。どれほど佐和が厳しかろうと、まさか蔵六には同じ態度は見せまい。

ひとつの答えが見出せたことで、蔵六は安堵《あんど》した。

眠りに誘われたのも、ホッとしたせいか。

そんな最中につぶやいたのは、我ながら意外なこと。

「あやつには、昔馴染みのきぬが似合いぞ……」

ならば、佐和は誰と釣り合いが取れているのか？

そこまでは本音を明かせなかったが、目は口ほどに物を言う。

襖《ふすま》を見やる、蔵六の視線はどこか切なげ。

佐和の寝所は、廊下を挟んだ反対側。

離れている上に襖越しでは、寝息も聞こえはしない。

それでも蔵六は瞳を凝らし、耳を澄まさずにいられなかった。

程なく、夜は明けた。

「今日も晴れるな……」

黎明《れいめい》の空を見上げ、半蔵はつぶやく。

危惧《きぐ》された刺客の再襲撃は無く、斗機蔵は無事であった。

おきぬはあれから女中部屋に引き上げて眠ったはず。中間と若党も、仲間内で交代しながら仮眠を取ったに違いない。

一睡もせずに警固したのは半蔵のみ。

そのうちに蔵六が来てくれると思えば、今少し頑張れる。

だが、恃《たの》みの兄弟子はなかなか現れない。

焦《じ》れながら待つうちに、おきぬが廊下の向こうからやって来る。

「おはよう、半蔵さん」

「うむ」

「ずっと起きてたの？」

「当たり前だ。不寝番なのだからな」

「ご苦労さんだったねぇ」

労をねぎらいつつ、おきぬが差し出すのは水を満たした桶。

ひやりと冷たい、汲みたての井戸水で顔を洗って歯を磨く。

傍らでおきぬは乾いた手ぬぐいを拡げ、半蔵の洗顔が終わるのを待っていた。

「すまぬな」

「どういたしまして」

手ぬぐいを渡してやる、おきぬの表情は明るい。

昨日と違って、半蔵の態度からは他人行儀な素振りが失《う》せつつある。

できることからコツコツと、気を惹《ひ》いていこうではないか。

まさか蔵六も同じ考えだとは、おきぬはもとより半蔵も気付いていなかった。

「まことにお稽古をつけてくださるのですか、増田様……？」

佐和は驚いて顔を上げた。

通いの女中が来るより早く台所に立ち、甲斐甲斐《かいがい》しく朝餉《あさげ》の支度に励んでいた最中である。

やはり早起きした蔵六は敷地内の道場に赴き、神棚《かみだな》への拝礼と朝の一人稽古を終えてきたところであった。

「物は試しと勧めたまでだ。おぬしさえその気ならば、本日からでも構わぬぞ」

「されば、さっそくにお願いいたしまする！」

「うむ」

汗まみれの道着姿でうなずく蔵六は、下心など微塵《みじん》も感じさせない。

事実、下種《げす》なことなど考えてもいなかった。

佐和に剣の稽古を勧めたのは、危険な目に遭《あ》ったとき、自力で身を護れるようにしてやりたい一念ゆえのこと。

本腰を入れて取り組んでくれれば嬉しいが、あくまで物は試し。

佐和だけでなく、蔵六にとっても最初の一歩だ。

そして、佐和は誘いに乗った。

これからどうなるかは、佐和も半蔵も己《おのれ》次第。進んで間違いを犯したいとは考えてもいなかった。

四

笠井夫婦の危機を知らぬまま、江戸でお駒《こま》は潑剌《はつらつ》と毎日を過ごしていた。

今日も朝一番で呉服橋《ごふくばし》の店を後にして、向かった先は孫七《まごしち》の暮らす長屋。勘定奉行付きの小者《こもの》にあてがわれる、長屋の一隅であった。

戸の隙間から心張《しんば》り棒をそっと倒し、勝手に入り込むのもお駒は慣れたもの。

「へへへっ、今朝も来ちゃった」

無言で身を起こした孫七の顔色は、意外に良い。

三村右近との対決で負った傷はおおむね塞《ふさ》がり、一時は危ぶまれた体も順調に回復しつつある。

体調が良くなる一方で、悪くなるのは口だった。

包帯を取り替え、着替えまでさせてもらっても、感謝の言葉ひとつ返さない。

代わりに浴びせてくるのは、毒のある一言ばかり。

「いつまでも気安う触るでないわ、この女賊《にょぞく》め。どこにも金目のものは無いぞ」

お駒が盗っ人あがりと知った上で、ずいぶん嫌みを言うものだ。

しかし、当のお駒は平気の平左。

「へっ。いい女に世話ぁ焼いてもらって、ほんとは嬉しいんだろ」

「ば、馬鹿を申すな」

「ねぇ孫さん、どうせ友だちなんかいないんだろう。人付き合いってもんを、少しは覚えたほうがいいよ。ほんとは、そうしたいんじゃないのかい？」

「………」

「ぷー、黙っちまったとこを見ると図星だね」

ケラケラ笑うお駒に、孫七は黙って背中を向ける。

そのとおりとは、口が裂けても言えなかった。

お駒が盗っ人あがりならば、孫七は忍びくずれ。かつて末端の下忍ながら御庭番衆に属し、若いながらも腕利きとして知られた身。重ねた苦労が顔に出たために老けて見られがちだが、歳はお駒や梅吉《うめきち》とそれほど変わらない。お世辞にも美男とは言えぬものの、近頃は顔色が良くなるにつれて雰囲気も柔らかくなってきた。これでは毒舌を幾ら吐いたところで、お駒が腹を立てぬのも当たり前だった。

命の恩人が順調に回復し、気性も変わりつつあるのはお駒にとっても喜ばしい。

わざとおちょくって怒らせるのは、彼女ならではの愛情表現だった。

「さーて、そろそろ引き上げるよ」

「……かたじけない」

「え？　何だって？　聞こえないよう」

「やかましい。早う帰れ！」

「へっへー」

お駒は意気揚々《いきようよう》と引き上げていく。

孫七とは、付き合っていて苦にならない。

何より命を救ってもらった以上、世話を焼かずにはいられない。

感謝の念を抱いているのは梅吉も同じだが、店をほったらかしにはできかねた。

お駒と梅吉が営む『笹《ささ》のや』では一碗十六文で供される、朝限定の丼物が人気。

夜に女将《おかみ》が店を空ければ、自ずと客足も減る。

しかし朝のうちならば誰も接客など期待しないため、忙しくても梅吉一人で何とか対応できていた。

朝の客が求めているのは安価で滋養がある朝餉《あさげ》、それも深川飯に代表される、パッと食べてサッと店を出られる一品のみ。お駒が考案して梅吉がこしらえる、日替わりの丼が人気なのもうなずけるというものだった。

まめまめしくも賑やかに怪我人の世話を焼き、お駒は去った。

孫七は上がり框《かまち》に置かれた、小ぶりの重箱に手を伸ばす。

去り際に残していったのは、差し入れの朝餉。客に出すのと同じものを詰めてくるだけのことだが、毎朝変わらぬ気遣いが嬉しい。

そして、気遣いの中にも茶目っ気があるのがお駒流。

「これは……」

塗り蓋を開けたとたん、孫七は啞然《あぜん》とさせられた。

今朝の献立は見慣れぬもの。

重箱に盛られた飯には、浅蜊《あさり》のむき身がたっぷり炊き込まれていた。

ふつうは濃いめの味噌汁に仕立てたのを、上からぶっかけるだけのはず。わざわざ手の込んだ炊き込みご飯にしたのは、寝たきりの孫七に少しでも凝った料理を振る舞いたい、お駒の配慮。明治の世を迎えて広く出回ることとなる、浅蜊の炊き込みの一足早い誕生だった。


孫七が黙々と炊き込みを食べ終えた頃、お駒は呉服橋に戻ってきた。

朝の客はほとんど引き上げ、残っているのは二、三人。

「いらっしゃい」

「おぅ女将、朝帰りたぁお安くないねぇ」

「嫌ぁだ、見てのとおりの仕入れ帰りですよー」

からかう常連客を軽くいなし、お駒は板場に入った。

「戻りましたよ、梅さん」

「へい」

背中で答える梅吉は、釜の底をこそげている真っ最中。大きめの杓文字を握り、底に焦げて張り付いた飯を、手際よく剝《は》がしていく。

「……やれやれ、今日も賄《まかな》いは焦げ飯かい」

最後の客が引き上げるのを見届けて、お駒はぼやく。いつも客の前では甘えた口の利き方をしているが、それは持ち前の童顔を活かした接客にすぎない。一歳上の梅吉と二人きりになったとたんに伝法《でんぽう》な、慣れた喋りに戻るのが常《つね》だった。

一方の梅吉も客の前では無口なのに、お駒と一緒のときは饒舌《じょうぜつ》そのもの。

「まぁまぁ、こいつぁ仕方のねぇこってさ。出汁《だし》を濃いめに利かせるもんで、釜ん中でじゅーじゅーいっちまうんでね」

「それにしても、炊き込みの日はよく出るねぇ」

「がっつり朝から食ったー！　って感じがするのがいいんでしょう。ちょいと餅米《もちごめ》を混ぜるから、腹持ちもいいですし」

「ごたくはもういいよ。早いとこ、よそっておくれな」

「へいっ」

梅吉は焦げ飯を二つの丼に盛りつけた。

「お前のぶんも持ってくよ、梅」

「すみやせんね、姐《あね》さん」

二人は板場から土間に移動し、つい先程まで客で一杯だった、飯台《はんだい》の前に座る。

腰掛け代わりの空き樽に腰を下ろし、同時に箸を取る。

いざ頬張らんとした刹那《せつな》、縄暖簾《なわのれん》を割って一人の男が入ってきた。

「よぉ、お早うさん」

気安く声をかけてきたのは、総髪の小柄な男。

「お出《い》でなすったね、先生」

微笑み返す梅吉は、相手が誰だか承知の様子。

お駒はすかさず席を立ち、空《から》の丼をひとつ持ってくる。

男はにこにこしながら、二人の前に腰掛けた。

日に焼けた、人の良さそうな顔立ちをしている。それでいて黒目がちの双眸《そうぼう》は鋭い光を帯び、ただ者ではない雰囲気を感じさせた。

近藤周助邦武、五十歳。

市谷の柳町に道場を構える、天然理心流の三代宗家である。

本姓は島崎《しまざき》。武州小山《こやま》村の名主の五男坊。二代宗家の近藤三助方昌亡き後、久しく継ぐ者がいなかった近藤姓を冠し、江戸に出てきて試衛館を開いたのは二年前、天保十年（一八三九）のことだった。

未だ少ない門人の中でも、高田俊平《たかだしゅんぺい》と浪岡晋助《なみおかしんすけ》は半蔵と仲良し。一時は仲違《なかたが》いしたものの周助に取りなされ、付き合いが復活していた。

彼ら三人に連れられて、周助が『笹のや』にやって来たのは半月前。

以来、二日か三日おきに朝帰りの態《てい》で縄暖簾を潜《くぐ》っては、お駒と梅吉が食べる賄い飯をねだってくる。

半蔵の兄弟子とはいえ、厚かましい手合いであればお断りだ。

しかし、周助はなぜか憎めない。

朝からやって来るのも五回目を数え、お駒も梅吉も慣れっこになりつつある。

そんな二人より慣れが早いのは、珍客の周助自身。

「すまねぇなぁ女将さん。こんなに盛ってくれなくってもいいのによぉ」

恐縮した様子でお駒に告げつつ、今度は梅吉を見やる。

「なぁ板さん、出汁《だし》は残ってねぇのかい」

「出汁、でござんすか？」

「こいつぁ上から熱いのをかけ廻すと、ぐんと美味《おい》しくなるはずだぜ」

「はぁ」

「薄くっても構わねぇから、ちょいとあっためてくんな」

「承知しやした」

「湯を足したほうがいいかもしれねぇよ」

「へい。焦げ飯は辛くなっておりやすから、そうしたほうがよろしいでしょう」

「すまねぇな、催促《さいそく》したみてぇで」

（思いっきりねだってますぜ、先生……）

調子のいい会話に乗せられながらも、梅吉は悪い気がしなかった。

炊き込みの上から熱い出汁をかける、という発想は面白い。とりあえずの思いつきにすぎないのだろうが、試しに付き合う値打ちがありそうだ。

思うところは、お駒も同じ。

「あたしもやってみたいねぇ、梅」

「へい」

梅吉は三つの丼を盆に載せ、板場に戻っていく。

最初に箸を取ったのは、もちろん周助。

「あー、空《す》きっ腹に染みるぜぇ……」

恍惚《こうこつ》とした表情で、立ち上る湯気を存分に嗅《か》ぐ。

続いて一口、ずずっと啜る。

行儀は悪いが、温かい出汁でふやけたお焦げがたまらない。嵩《かさ》も増えたため、周助に分けて減ったぶんの穴埋めができていた。

「ううん、浅蜊からもいい味が出てるなぁ。結構、結構」

「ほんとだ」

お駒が感心した様子で言った。

「何だか炊き込みとぶっかけを、一遍に食べたって感じだよ」

「二度美味しいってもんですね。こいつぁいいや」

梅吉も旺盛《おうせい》な食欲を発揮している。

見てくれは悪いが、たしかに味はいい。

「店に出すことはできやせんが、賄いにお誂《あつら》え向きですねぇ」

「そうだろうが、えっ？」

梅吉のつぶやきに、調子よく周助が乗ってくる。いち早く丼を空にして、すっかり腹も満たされた様子であった。

「ご馳走《ち》になったなぁ、お二人さん」

意気揚々と去るのを見送り、お駒と梅吉は共に微笑む。

周助は、いつもただ飯を食らっていくだけの厄介者《やっかいもの》ではない。

足を運んでくるたびに何かしら、こうして助言をしてくれるのだ。

焦げ飯に熱々の出汁を注げば美味いという話の前に伝授されたのは、浅蜊のむき身を飯に炊き込むこと。

前回と今回、二つの助言はつながっていた。

「あの先生、よっぽど食い道楽らしいですぜ。しかも、俺ら下下《しもじも》のもんが喜ぶ味ってのをよーくご存じだ」

「そうだねぇ」

「俺ぁ何だか、弟子入りしたくなって来ましたぜ」

「馬鹿だねお前、この忙しいのにヤットウなんぞ習う暇があると思ってんのかい？」

「違いますよ。教わりてぇのは、こっちのほうで」

道場に入門する気かと勘違いしたお駒に、梅吉は空の丼を指し示す。

今し方まで、周助ががつがつ食らった器である。

「ご覧よ、梅」

丼を覗き込んだお駒が、くすっと笑う。

「また来るつもりらしいよ」

見れば、丼の底には箸先で寄せて固めた飯粒少々。出汁でふやけきったお焦げであっても、一口ぶんであることに変わりはない。

「改まった席でもあるまいに……」

「ま、あの先生らしくていいじゃありやせんか」

お駒と笑みを交わし、梅吉はてきぱきと片付けに取りかかった。

秋の江戸は、今日も晴れ晴れ。

気持ちのいい青空の下で、誰もが額に汗して労働に励む。

河岸や路上に、店の内外。力仕事に限らず、頭を使って働くのにも体力は要る。

源《みなもと》になるのは、程よく摂った朝の食事。

今朝も『笹のや』の常連たちは、張り切って働いていた。

五

それから数日が過ぎた。

松本斗機蔵は相変わらず寝付いたまま。病状が急変しない代わりに、回復の兆《きざ》しも見られない。

平癒に一縷《いちる》の望みを懸けつつ、半蔵たちは警固を続けた。

逃亡した刺客の行方は、まったく分からない。

斗機蔵の配下である平同心衆はむろんのこと、蔵六に師事する増田道場の門人たちも探索に動員されたが手がかりは見つからず、八王子の宿場町はもとより近隣の村々にも、怪しい者など紛れ込んではいなかった。

もはや暗殺の意志を捨て去り、甲州街道を西か東のいずれかを辿《たど》って逃げおおせたのではないか。

そんなことを言い出したのは、蔵六から報告を受けた千人頭。

「山狩りだと？　そこまでいたさねばならぬのか、増田っ。これより先の探索は無用ぞ。松本の警固に割《さ》く人数も減らすのだ」

「されど、それでは万が一にも……」

「そのときはそのときだ。刺客はその場にて即刻討ち取り、病にて空《むな》しゅうなったということで埋葬《まいそう》いたさば、向後《こうご》の憂いは有るまい」

「………」

蔵六に返す言葉は無かった。

上役たちの考えは分かっている。日光東照宮の火の番の出立までに間があるとはいえ、配下の同心衆に無駄なことなどさせたくないのだ。

それにしても、非情すぎる。

刺客の口さえ封じれば、斗機蔵が凶刃を受けて果てるのもやむなしとは、どういう判断なのか。これでは斗機蔵を囮《おとり》にして刺客をおびき出し、罠にかけて討ち取ることが真の目的のようではないか。

松本斗機蔵は、八王子千人同心の誇り。晩節を汚《けが》させていいはずがあるまい。

しかし、上役の決定を覆すのは無理な相談。

「くっ……」

家路を辿る蔵六の表情は暗い。

この打ち沈んだ気分を上向きにしてくれるのは、ただ一人。

（佐和殿……）

預かり者の佳人に、蔵六は心を奪われて久しかった。

弟弟子の愛妻に無体を働いたわけではない。

当人の意思を踏まえ、手許に置いているだけのことだった。

「お帰りなさいませ、先生」

蔵六が差し出す刀を、佐和は作法どおりに受け取った。

鞘を袱紗《ふくさ》にくるんで捧げ持ち、しずしずと廊下を進む姿は優雅そのもの。

こうして身の回りの世話をしてもらうだけでも、蔵六の心は満たされる。

もとより、不義など働く気はなかった。

蔵六は妻に先立たれて、まだ間が無い身である。

たとえ佐和がその気になってくれたとしても、没義道《もぎどう》な真似はできまい。

思惑どおりに半蔵と夫婦別れに至った後も、このままの間柄で十分だった。

「先生、ご指南を」

「うむ」

佐和にせがまれ、蔵六は腰を上げる。

昼下がりの道場は二人きり。

「まずは素振りからじゃ」

「はい」

道着に装いを改めた佐和は、太い木刀を構える。

がらんとした道場の床に、長い影が伸びていた。

このところ門人たちは斗機蔵の警固と刺客の探索で慌ただしく、稽古は朝から昼に集中して行うのみ。

午後になれば空くのを利用し、蔵六は佐和に稽古を付けている。

「……それまで」

頃合いを見て、素振りを止める。

「木太刀を下ろし、しばし休むがいい」

「はい」

一息入れる佐和に、それほど疲れた様子は見受けられない。

初心にしては手の内が錬れている上に、手首と肘を使うことなく、正しく振ることができているからだ。

見込んだとおり、佐和には才能があった。これまで鍛えてこなかっただけで、無駄を省いて体《たい》を運用する、武芸の基本が身に付いているのである。

この才能を活かさぬのは、勿体《もったい》ない。

才女の新たな一面を活かしたい、伸ばしたい。

それは、指導者としての欲であった。

その欲を今、蔵六は角《かど》を立てずに満たすことができていた。

半蔵にも了解は取ってある。

刺客と最初に遭遇し、退けた半蔵には斗機蔵の警固の中核を担わせたい。そう提案した上で、佐和の安全は保障すると伝えたのだ。この機にいちから剣を教え、自ら身を護る腕を磨かせるのは、半蔵との約束に違《たが》うことではあるまい。

かくして、蔵六は思わぬ佳人を弟子に取った。

女人《にょにん》を正式に門下に加えるわけにはいかないため、あくまで出稽古に訪れた客人として過さなくてはならなかったが、それでも構うまい。こうして毎日、道場にて薫陶《くんとう》できればいいのだ――。

しかし、稽古に励む佐和の真意は違っていた。

「始めい」

蔵六の号令に合わせ、再び木刀を握る表情は真剣そのもの。

なぜ、こんな真似を始めたのか。

佐和の望みは、愛する半蔵の心を取り戻すこと。

蔵六に対しては敬意こそ抱いているが、それ以上は考えてもいない。

これまで嗜《たしな》み程度にしか学んでこなかった武芸に接し、腕を磨こうと思い立ったのは夫が得意とする分野に踏み込み、理解をするため。

半蔵より強くなりたい、やっつけたいとは最初から考えてもいない。

あくまで夫に近付き、理解を深めるためだった。

妻の頭が切れ、弁が立つのは夫にとって必ずしも良いことではない。自分が劣っているると苦悩し、あげくの果てに自棄《やけ》を起こしかねないからだ。

優秀すぎるのが災いになるとは、困ったことだ。

能力次第で男女の別なく出世が叶《かな》う時代であれば、一人で生きていけばいい。

だが、佐和にそんな気はなかった。

背伸びをして殿御と張り合うなど、はしたない。

あくまで内助の功に徹し、能ある夫に仕えていたい。

そう思えばこそ半蔵の成長を期して十年間、一人前の勘定方に育つようにと、躍起になって煽《あお》り続けたのだ。

その甲斐あって、今や半蔵も人並みに御用が務まるようになってきた。今さら出世頭には成り得まいが、もはや御用部屋で厄介者扱いをされることもないだろう。

以前の佐和であれば、こんな程度で満足しなかった。

笠井家は先祖代々、算勘の才で徳川家を盛り立てた一族。

望んで婿入りしたからには覚悟を決め、公儀から要職に就いてくれと望まれる域にまで算勘の才を磨きに磨き、大いに高めてもらわねば困る。

こんな要求を、十年も突き付けてきたのである。

よく正気を失うことなく、耐えて来られたものだ。

しかし、半蔵はいつまでも大人しくしてはいなかった。

佐和の知らぬうちに始めた影御用は、算盤勘定が嫌で仕方のない、それでいて剣の腕がそこそこ立つ半蔵に目を付けて、奉行の梶野良材が命じたこと。どうせ勘定奉行の配下なら関東取締出役の如く、腕に覚えの技が振るえる役目に替わりたい。そんな願望を抱いていた半蔵が、やすやすと引っかかったのも無理はあるまい。

気付いた佐和が調べてみれば、何のことはない。

良材が「影御用」と称して夫に命じたのは、表沙汰にはできない汚れ仕事。中でも最たる役目は、幕政改革が失敗したときの責任を押し付ける捨て駒――一時だけ南町奉行の座につかされた、矢部定謙のお守《も》りだった。

（まことに困ったお人だこと……駿河守《するがのかみ》様と気脈を通じることは、自ら首を絞めるに等しき所業……それでも合力《ごうりき》せずにいられぬとは……）

木刀を振るいながら、佐和は思わず苦笑い。

何とも手のかかる殿御を、婿に迎えてしまったものだ。

だが、佐和にも反省すべき点は幾つか有る。

一番まずかったのは、夫の特技を理解しようとする努力が欠けていたこと。

人は誰でも得手不得手《えてふえて》があるものだ。

半蔵の唯一の得手たる剣術について、佐和は深く知ろうとしていなかった。算盤の稽古や算法の問題をさんざんやらせておきながら、竹刀《しない》も握らずに過ごしてきた。

このままでは、いけない。

夫婦間の不公平を正すため、今からでも行動を起こすべし。

若き日の半蔵が剣を学んだ地を訪れ、かつての兄弟子と出会い、これはいけると見込みを立てたのだ。

江戸の屋敷暮らしで婦女子が学べる武芸といえば、薙刀《なぎなた》と小太刀。

半蔵が出入りしている試衛館でも、さすがに女には稽古を付けてくれまい。

しかし、今の佐和には腕を磨く理由が有る。

病床の松本斗機蔵が襲われ、窮地を救った半蔵は引き続き、警固の任に就いた。

上つ方に振り回される影御用ではなく人助け、それも少年の頃に世話になった学問の師のためならば、反対する理由は何も無い。足手まといにならないように夫と距離を置き、剣の師である増田蔵六の許で暮らすのも苦にならなかった。

その蔵六がいちから手ほどきをしてくれるとなれば誠に有難いし、礼の代わりに身の回りの世話を焼くぐらい、何ほどのこともない。

こうして佐和は気持ちを整理し、自ら望んで、重い木刀を日々握るに至ったのだ。

斯《か》くも賢明であり、自他の心の内を判じて対処できる嫁御も、蔵六の考えばかりは読めていない。

優秀な女人を、側に置きたい。

時代の別を問わず男たちが抱く、尽きせぬ願望と言えよう。

されど、身の丈に合わぬ相手を選べば、待っているのは破局のみ。

何とかしたければ、泥沼を進むが如き努力を自らに課すしかない。極めつきの嫁御を得た半蔵が並外れた忍耐を十年強いられたのも、やむを得ぬことだった。

そんな苦労を早くに味わい、未熟さを若くして克服した、ひとかどの人物であれば佐和とて身の丈に合うはずだ。

揺るぎない自覚の下、増田蔵六は事を仕掛けた。

可愛い弟弟子の半蔵から、無理やり取り上げるのではない。

佐和は半蔵には釣り合わない。

贔屓目《ひいきめ》を抜きにして、身の丈に合っていないのだ。

このまま一緒にいたところで、いずれ破局するのは目に見えている。

ならば今のうちに納得ずくで別れさせ、後を引き受けたい。

すべては半蔵と佐和、双方の幸せを考えての行動であった。

六

松本家に居着いて、何日が経っただろうか。

半蔵は緊張と弛緩が綯《な》い交《ま》ぜの、奇妙な毎日を送っていた。

もちろん斗機蔵を警固している間は、絶えず気が張り詰める。

異変があれば即座に飛び出し、いざとなったら身を挺してでも恩師を護ると己自身に言い聞かせ、刀を前に待機し続けていた。

終日病室に張り付いた初日とは違って、平同心や増田道場の門人が交代してくれるようになった今も、警固中の緊迫した空気の重さは変わらない。

そんな緊張をほぐしてくれるのが、おきぬの存在。

台所の続きの板の間には、常の如くお八つが用意されていた。

「疲れたろう、半蔵さん」

「かたじけない」

熱い番茶に添えられたふかし芋を一口齧《かじ》り、半蔵は安堵する。

江戸の屋敷暮らしでは十年間、味わうことのなかった安らぎだった。

女人の魅力の最たるものは、共に過ごして苦にならないことではあるまいか。

近頃の半蔵は、そんな思いが強くなりつつある。

とはいえ焼けぼっくいに自分から、軽々しく火を点《つ》けたりはしない。

おきぬと再び一線を越えることは、佐和への不義理。それだけは慎むべしと己自身に言い聞かせ、厳しく戒めてきた。

それにしても、佐和はどうしているのだろうか。

増田家は半蔵にとって、近くて遠い場所。足を運ぼうと思っても、なかなか斗機蔵が離してくれない。

呼びに来たのは、年嵩《としかさ》の中間。

「半蔵さん、旦那様がお呼びだぞ」

「うむ、すぐに参る」

昔馴染みの中間にうなずくと、半蔵は腰を上げる。

おきぬを後に残し、中間が先に立って廊下を行く。齧りかけの芋は口に押し込んで嚙み砕き、ちょうど飲み頃に冷めた茶で流し込んできた。

「そんなにして大丈夫か」

「何の……幼き頃には、こ……これぱかりでは済まなかったであろう」

案じる中間に答えつつ、半蔵は目を白黒。芋のせいで胸焼けがしていた。

「そういや、何でも丸吞みにしていたっけなぁ。栗に梅、山桃と……」

廊下を進みながら、中間は懐かしそうにつぶやく。

「丸吞みといや、半蔵さんはまだ蛇《へび》が苦手なのかい」

「おいおい、嫌なことを申すでない」

半蔵はたちまち渋い顔。

山野の生き物で、最も苦手なのは蛇だった。山仕事をしていれば幾らでも出くわすので素手で生け捕りにする者も多いが、半蔵には無理な相談。青大将や蝮《まむし》は言うに及ばず、小さな蛇さえ手に負えない。

「まさか……近くに巣でもあるのか」

「まぁな」

「な、何とかしてくれ」

「日のあるうちに片付けとくよ」

中間はにやりと笑って去っていく。

「権太《ごんた》め、相変わらずだな……」

中間の権太は、昔と変わらず意地が悪い。しかもまるっきり出鱈目《でたらめ》ではなく、本当に何匹か捕まえてくるから始末に困る。

気を取り直し、半蔵は奥の病室へ向かう。

廊下に待機していたのは、斗機蔵の配下の平同心。

一礼し、まずは敷居際から訪《おとな》いを入れる。

「笠井にございまする」

「お入りなされ」

返事をしたのは往診中の医者。

昨日から、斗機蔵は口も利けないほど弱っていた。

それでも親しい者たちが顔を見せれば、嬉しそうな表情になってくれるのが救いというもの。わずかでも慰《なぐさ》めになるのなら、幾らでも付き添いたい。

警固の順番はしばらく先だが、このまま側にとどまるとしよう。

もはや医者にも手の施しようがない以上、周りの者たちは斗機蔵の気を楽にさせてやることしかできなかった。

半蔵にできるのは、まず護りを固めること。

その上で、何か安らいでもらえる方法はないだろうか。

(……そうだ)

しばし思案した後、懐から算盤を取り出す。

「さ、どうぞ」

斗機蔵の手を取り、そっと珠へ誘う。

博覧強記の斗機蔵は、数字にも強い。

何しろ、親交を結んだ顔ぶれが凄《すご》かった。

最上徳内に公儀天文方の高橋景保《たかはしかげやす》。そして病弱な斗機蔵には為し得なかった江戸湾の測量をやってのけ、あの鳥居耀蔵の鼻を明かした韮山《にらやま》代官の江川太郎左衛門英龍《たろうざえもんひでたつ》といった面々と、親しく付き合っていたのだ。

さらには渡辺崋山《わたなべかざん》に高野長英《たかのちょうえい》、小関三英《こせきさんえい》ら一流の蘭学者たちと交誼《こうぎ》を結んでいたのだから、複雑な計算などお手の物。おきぬが算法に詳しいのも、手ほどきした斗機蔵が抜きん出て優秀だったおかげと言えよう。

だが、かつての俊才も見る影はない。

半蔵の算盤をちょいちょいといじり、浮かべるのはわずかな微笑みのみ。
背中の腫《は》れ物のせいで熱に浮かされ、頭も働かなくなっていたのだ。
「松本先生……」
病弱ながら颯爽《さっそう》としていた往年の姿を思い起こし、半蔵は声も無い。
「失礼をつかまつりました」
深々と頭を下げ、算盤を片付けようとする。
だが、斗機蔵は離さない。
満足に珠を弾くこともできぬのに、しっかと枠木を握り締めていた。
困惑した半蔵に、医者は黙ってうなずいた。
このまま持たせておけばいい。
ほんの少しでも過去の思い出につながることが、今の慰めになるのであれば――。

陽はだいぶ西に傾いていた。
黙然と廊下を往《ゆ》く、半蔵の表情は暗い。
日に日に斗機蔵が衰えていくのが、見ていて辛い。
だが、気弱になってはいられなかった。

半蔵は、嘆き悲しんでいればいい立場ではないからだ。

斗機蔵の命を狙う刺客の脅威が去ったとは、まだ誰にも言い切れまい。

敵の目的は死を待つのではなく、自らの手で一命を断つことだからだ。あれは本気の宣言だったと半蔵は見なしていた。

そして、斗機蔵はまだ生きている。

あれほど弱りきった者を手にかけようとは悪鬼の考えとしか思えぬが、相手がそうしたいと望む以上、いつ仕掛けてくるか分かったものではない。迎え撃つ側としては片時も気を抜かず、警固し続けるしかあるまい。

(先生は俺がお護りいたす……安らかなご最期を迎えられるまで……な)

決意も固く、半蔵は廊下を進み行く。

と、不意に足が止まる。

「むむむ……」

呻《うめ》きつつ、向かった先は廊下の突き当たりにある厠《かわや》。

袴の下からは、切れ切れに放屁《ほうひ》の音も聞こえてくる。

丸呑みにしたふかし芋が、今頃になって効いてきたらしい。

半蔵がスッキリした顔になって出てくるまでに、しばしの時を要した。

「出物腫れ物所嫌わず、か……いやはや、不覚、不覚」

自嘲《じちょう》のつぶやきを漏らしつつ、手水鉢《ちょうずばち》に手を伸ばす。

本当に不覚を取るのは、これからのことだった。

「ひ！」

半蔵の目が丸くなる。

何者かが、縁側に蛇を投げ込んだのだ。

青光りする、太い体をのたくらせるのは見まがうことなき青大将。

半蔵は完全に動けなくなっていた。

毒を持っていないと分かっていても摑《つか》めず、蠢《うごめ》くままにさせるばかり。

その青大将は囮《おとり》にすぎなかった。

敵の目論《もくろ》みは手強《てごわ》い半蔵の動きを止めておき、その隙に病室の斗機蔵を襲うこと。

廊下の向こうから、争う音が聞こえてくる。

「周りを固めろ！」

「周りを固めろー！」

切迫した声を上げたのは、平同心の二人組。

襲いかかった刺客たちは、いずれも士分の装いをしていない。

手にしているのは刀でも、着ているのは野良着。

むしろにくるんだ得物《えもの》を隠し持ち、変装で探索の目をかいくぐってきたのだ。

「むっ⁉」

「わあっ」

平同心たちが苦悶《くもん》の声を上げる。

半蔵が駆け付けられずにいる隙に、相次いで斬り伏せられたのだ。

残る面々も防戦一方。

もはや蛇になど臆してはいられなかった。

半蔵は懸命に足を前に出そうとする。

だが、腰に力が入らない。

と、青大将が鎌首をもたげた。

形《なり》が大きいだけに、振りまく威圧感も大きい。

この迫力に幼い頃の半蔵は恐れおののいて小便を漏らし、そのときの恐怖が記憶の底にこびりついて離れずにいた。

（いっそのこと、斬るか）

そう思っても、刀まで手が届かない。

進退窮まった半蔵に、青大将はスルスルと迫ってくる。

「……っ！」

声にならない恐怖の叫びを上げたのと、何者かが太い胴を摑んだのは同時だった。

「何をしておいでなのですか、お前さま」

「さ……佐和、なのか？」

「情けない。さ！　早うご加勢をなされませ！」

告げるが早いか、佐和は先に駆け出す。

解いた黒髪を後ろで束ね、凛々《りり》しい道着に綿袴。

手にしていたのは本身ではなく木刀だった。

「ま、待ってくれ」

半蔵は慌てて後を追う。

思わぬ不覚を恥じる前に、かつてなく度胸が据わった愛妻の勇姿を見せつけられて驚くばかり。

その背を、どんと何者かが叩く。

「しっかりせい、半蔵」

「せ、先生」

「嫁御は儂に任せよ……おぬしは刺客どもを蹴散《けち》らすのだ」

言い渡す蔵六の口調は重々しい。

どこか勝ち誇ったように聞こえたのは、気のせいか。

「し、承知」

訳が分からぬまま半蔵は駆ける。

負けじと蔵六も後に続く。

一人は敬愛する恩師を、今一人は可愛い女人を護るために眦《まなじり》を決し、猛然と戦いの場へ向かっていくのだった。

第三章　秋風の夫婦

一

松本家の屋敷に斬り込んだ刺客の頭数は、十人に達していた。

対する護衛は、わずか五人。

奇襲を受けて二人の平同心が真っ先に斬り伏せられ、残る三人――増田道場の門人衆も防戦一方。斗機蔵を護るどころではない。

「く、くそっ……」

「おのれっ！」

「わーっ!?」

焦りながら斬り結ぶうちにまた一人、悲鳴を上げて倒れ伏す。

どうにもならない多勢に無勢。戦況は最悪だった。

と、そこに土埃《つちぼこり》を上げて駆け寄る影二つ。

「あっ、先生だ！」

「半蔵殿も来てくれたぞ！」

増田蔵六と笠井半蔵。

頼もしい師と兄弟子の出現に門人衆は歓喜する。

蔵六と半蔵が揃えば、十人の敵など物の数ではない。

勇気百倍で刺客どもに立ち向かおうとした刹那《せつな》、若い二人は唖然《あぜん》とした。

蔵六の後ろから現れた、凛々《りり》しい女人の姿が目に飛び込んだのだ。

「お、奥方……」

「な、なぜここに……？」

驚くのも無理はなかった。

こんな修羅場に、あの佐和が来るはずもない。

しかし聞こえてきたのは紛れもなく、張りも豊かな彼女の声。

「しっかりなされ！　皆々様！」

門人衆を鼓舞する佐和は、太い木刀を手にした道着姿。

このところ蔵六が直々に稽古を付けているのは門人衆も知っていたが、まさか助けに来てくれるとは思いも寄らぬことだった。

藍染《あいぞ》めの道着に綿袴を穿《は》き、黒髪をきりっと結んでいる。

凛々しい装いで放つ声援は、可愛らしくも力強い。

「さぁ！　さぁ！　さぁ！　今こそ巻き返してくだされ！」

だが、外見ばかり勇ましくても意味はない。

腕も立たぬのに、男勝りに乗り込んで来られたところで足手まとい。わが身を護るのに精一杯というのに、構ってやる余裕など有りはしない。

本当に、大丈夫なのか。

つまらぬ不安を一気に吹き飛ばしたのが、続く蔵六の大音声《だいおんじょう》。

「何を狼狽《うろた》えおるかっ！　しゃきっとせい、しゃきっと！」

「はいっ！」

声を揃えて答えるや、若い二人は眦《まなじり》を決する。

「ヤーッ!!」

「エーィ!!」

目を見張る奮戦ぶりだった。

腹の底から気合いを発して敵を威嚇《いかく》し、それでも向かってくる奴の凶刃を受け流しては、果敢に斬り返していく。

蔵六の叱咤《しった》も力を呼ぶが、やはり盛り上がるのは佐和の声援。

「しっかり！　そこ！　負けないで！」

こんな声援を送られては、死んでもみっともない姿など見せられまい。

佐和は武州ばかりか、江戸市中においても稀《まれ》な美貌の持ち主。増田道場の門人衆にとって、早くも憧れの的《まと》となったのもうなずける。

そんな佐和が駆け付けてくれたことは、十分役に立っていた。

佐和自身が戦力にならずとも、居《い》るだけで男たちは勝手に盛り上がる。

蔵六はそれを見越し、わざわざ連れてきたのだ。

もっとも、ここに来たのは佐和自身の意志。

佐和が駆け付けたのは道場で素振りをしている最中、風に乗って聞こえてきた剣戟《けんげき》の響きを耳にしたため。

居ても立ってもいられずに、稽古中の装いのままで表に走り出て、後を追った蔵六ともども馳《は》せ参じたのである。

半蔵と一緒にいた時分、それも江戸では、こんな真似などしなかった。

斗機蔵の警固《けいご》にかかりきりとなった夫と離れて増田家で暮らし、蔵六の道場で稽古を付けてもらううちに、斯《か》くも豪胆になったのだ。

今の佐和に付き添うのは、蔵六にとっても喜ばしい。

気丈ながらも危なっかしい、じゃじゃ馬娘の世話を焼くのに似た気分が、また楽しいのだ。

そして半蔵は、佐和が来てくれたおかげで助かった。

苦手な蛇さえ追い払ってもらえば、一安心。

並み居る刺客など敵ではなかった。

「ヤーッ！」

気合い一閃《いっせん》、敵の囲みを打ち破る得物《えもの》は刃引き。

体重を乗せた打撃は重く、刀勢《とうせい》は鋭い。

「う！」

「わっ！」

「ぐえっ！」

刺客が三人、続けざまに打ち倒された。

連携が乱れた隙に、ぶわっと半蔵は縁側に跳び上がる。

斗機蔵の病室に面した縁側である。
刺客が二人、障子に手を掛けんとしている。
とっさに半蔵は後ろから一撃浴びせた。
ピシリと背中を打たれた刺客が、物も言わずに崩れ落ちる。
「む！」
慌てて向き直った最後の一人に、半蔵が食らわしたのは体当たり。
「うわーっ⁉」
ドーンと肩から激突した衝撃に耐えきれず、敵は吹っ飛ぶ。
残る五人は、もはや後に続けない。
蔵六が先回りし、行く手を阻んでいたのだ。
「どこからなりとかかって参れ……」
動揺を隠せぬ五人組の敵の前に立ち、蔵六は静かに告げる。
手にした得物は本身ではなく、天然理心流の太い木刀。
対する刺客の一団は、手に手に刀を構えている。
むしろにくるんで持ち運びやすい、寸の詰まった刀身である。
並より短い刀でも相手を圧倒できるのは、それだけ腕が立てばこそ。

油断のない目配りと足の運び。

むやみに上下運動しない、重心の取れた腰。

一度ならず人を斬ってきたと見受けられる、腕利きの者ばかり。

固唾《かたず》を呑んで見守るのは門人衆と佐和、そして半蔵。

刺客たちがじりじりと迫り来る。

行く手に立ちはだかった蔵六を速やかに排除し、逃亡を図るつもりなのだ。

しかし、蔵六は微動だにしない。

助太刀など、最初から当てにもしていなかった。

一人目の刺客が斬りかかる。

刹那、蔵六の木刀がうなりを上げる。

敵より早く近間に踏み込んだ次の瞬間、響き渡るは重たい打撃音。

失神したのを見届け、サッと次の敵に向き直る。真剣を上回る三斤もの重さをまったく感じさせない、俊敏極まる動きであった。

剣客は刀さばきだけでなく、体《たい》さばきも巧みでなくては戦えない。

迅速《じんそく》に動いて敵と間合いを詰め、自分の攻めが届く地点にいち早く立つことによって、初めて制することができるからだ。

蔵六の動きは俊敏そのもの。とても初老と思えない。

先を行く素早さで敵を追い込み、三斤の木刀を振り下ろす。

重たい得物が連続して空気を裂き、刺客たちがバタバタと打ち倒されていく。

残る四人も、蔵六の腕には遠く及ばなかった。


戦いが終わった屋敷内から、戸板に載せられた怪我人が続々と出てくる。

「早《はよ》うせい！」

「どけ！　どけ！」

運び出す手付きは、荒っぽくも迅速そのもの。

手当てが早ければ、どの者も致命傷には至るまい。

敵味方共に死人は出ず、斗機蔵も傷を負うには至らなかった。

半蔵が持たせてやった算盤《そろばん》を握ったままで、ぐっすり寝入っていたというのだから微笑《ほほえ》ましい。

青大将を仕込んで半蔵の動きを止めたのは、やはり権太の仕業《しわざ》だった。

密かに刺客たちに買収され、屋敷内への手引きと併せて引き受けたのだ。

「金に転んだから何だってんでい！　安い給金でさんざんこき使いやがって！」

「うるせぇや。往生際が悪いぜ、おっさん」

開き直って暴れるのを押さえ込み、引っ立てたのは同僚の若党。

蛇の巣を片付けると見せかけて青大将を一匹調達し、半蔵に罠を仕掛ける現場を目撃したのも、この若党だった。

「大事にならねぇで何よりでしたね、半蔵様。後の始末は、どうか任せてやっておくんなさいまし」

「かたじけない」

いつもの生意気さはどこへやら、正直に話してくれた若党に半蔵は感謝した。

悶絶《もんぜつ》した十人の刺客は権太ともども身柄を拘束され、怪我の手当てを受けた後で取り調べを受けることになっていた。

逮捕権を持たない千人同心の面々に代わって一味を連行したのは、千人町から程近い八王子宿の役人たち。

白昼から屋敷に斬り込み、当主を亡き者にせんとしたのは歴《れっき》とした罪。厳しく取り調べてもらえば、近々に刺客の黒幕も判明するだろう。

しかし、連行されるのを見送る半蔵は気がかりな面持《おもも》ちだった。

最初の衝撃で出くわし、撃退した大男がいなかったのだ。

あの男は明らかに、腕も貫禄も他の連中の上を行っていた。

「そやつが頭目と申すのか、おぬし？」

「左様に存じます。姿を見せず、裏で糸を引いておることかと」

「黒幕ということか……」

気になる事実を相談した相手は、増田蔵六。

佐和の件については、当人を交えて話をした。

「先生を責められるのはお門《かど》違いにございますよ、お前さま」

久しぶりに顔を合わせたのに、佐和は冷たい。蛇におびえて動けなくなった様がよほど情けなく、失望したらしかった。

「されど佐和、無茶はいかんぞ」

「義を見てせざるは勇無きなりと申すではありませぬか？　私は正しきことを為しただけにございます」

「わが身が危ないとは思わなんだのか？」

「大事ありませぬ。先生がずっとお護りくださいましたので……」

口調は折り目正しくも素っ気ない。

取り付く島もない態度を示され、半蔵は言葉も出なかった。

二

その事件をきっかけに、半蔵と佐和の距離は更に拡がった。

何とかしたいものだが、修復は難しい。

刺客による再襲撃が現実となったからには、警固をさらに強化する必要がある。

しかも、半蔵の存在を欠いては斗機蔵の命を護り抜けぬとはっきりした以上、持ち場を離れてもらっては困ると松本家の人々も願っていた。

期待を裏切るわけにはいくまいし、恩人を見殺しにもできない。

やむなく半蔵は松本家の屋敷にとどまり、斗機蔵の警固を続けた。

そうなれば、接する相手はおきぬ。

佐和と会えない寂しさから、距離は自ずと縮まった。

もとより面倒見はいいし、誰よりも気心の知れた昔馴染み。かつては恋人同士だったと思えば、情もある。

このままでは焼けぼっくいに火が点《つ》いてしまいかねない。

（いかん、いかん。流されてはなるまいぞ……）

半蔵は日々、自分に言い聞かせるのを忘れなかった。

そんなある日、思わぬ客人がやって来た。

「浪岡……？」

「久しぶりだな、半蔵殿」

精悍《せいかん》な顔をほころばせ、その若い男は半蔵に笑いかける。

いい男だった。伸びた前髪の下から覗く、日焼けした顔が人なつっこい。

顎には張りがあり、よく見れば野性味を帯びた風貌をしている。引き締まった長身に、古びた木綿の袷《あわせ》と袴を着けていた。

浪岡晋助、二十一歳。

試衛館の若き門人は半蔵と付き合いの長い、高田俊平の大親友。

親の代からの浪人で貧乏暮らしだが気性は明るく、日々の糧《かて》を得るのに忙しくても道場通いを欠かさず、師の近藤周助邦武を敬愛して止まない。

そんな好青年も、この屋敷には招かれざる客。

門前まで応対には出たものの、半蔵は気が気でなかった。

案の定、晋助は余計なことを言い出した。

「まことに久方ぶりであったな。近藤先生も貴公のことを……」

「しーっ！」

「は？」

「門前では目立つ故、こちらへ参れ」

挨拶《あいさつ》もそこそこに、半蔵は晋助を引っ張っていく。

ここまでしなくてはならないのも、理由あってのこと。

晋助が師事する近藤周助は江戸に拠点を構える、天然理心流の三代宗家。

しかし開祖以来の近藤姓を冠し、三代目を名乗ることを誰もが認めているわけではない。その周助の弟子であると分かれば、増田道場の門人たちは晋助を快く迎えたりはしないだろう。

斗機蔵の警固には、蔵六の門人も携わっている。

まさか晋助の顔を見ただけで試衛館の門人だとは気付くまいが、用心するに越したことはない。

連れて行った先は、人目に立たない庭の隅《すみ》。

見廻り中の若党をやり過ごした上で、半蔵は声を低めて問いかけた。

「これ浪岡、おぬしは何用で八王子まで出てきたのだ」

「お見舞いを仰せつかったのだ」

「お見舞いとな？」

「近藤先生のご名代よ。昔馴染みの御仁《ごじん》が重い病とのことで、な」

「成る程、それでおぬしが出て参ったのか……」

半蔵はようやく合点《がってん》が行った。

夫婦して八王子に来た当日、蔵六から言われたことを思い出したのだ。

蔵六は斗機蔵の病状を、あらかじめ周助に手紙で知らせていたという。

にも拘《かか》わらず半蔵に話が伝わっていなかったため、蔵六は連絡を徹底させない周助の怠慢《たいまん》を、手厳しく非難したものであった。

蔵六と周助は天然理心流の二代宗家——亡き近藤三助方昌の門下で共に学んだ兄弟弟子。同じ釜の飯を食った間柄なればこそ見る目も厳しく、落ち度があれば指摘せずにはいられない。

そんな二人の関係に、半蔵が口を挟むわけにはいかなかった。

半蔵自身は二代目と三代目、どちらの弟子でもないものの、立場としては亡き近藤三助の系統に連なる身。江戸で世話になっている周助のためとはいえ、迂闊《うかつ》に肩を持つことはできかねる。程よい付き合いとは、つくづく難しい。

晋助が名代として八王子に来たことも、蔵六の耳に入れたくはない。

（これは厄介《やっかい》だぞ）

斗機蔵を見舞いたくても直《じか》には足を運ぶに運べず、門人を名代として寄越した周助の気持ちは分かる。

しかし、皆に素性が知れれば名代とて追い返されるのは必定《ひつじょう》。

下手をすれば、晋助は酷《ひど》い目にも遭《あ》わされかねない。

遠路を厭《いと》わず足を運んだのに、気の毒すぎる。

せめて斗機蔵には、きちんと挨拶をさせてやりたい。

ひとつだけ、最後に確認を取る。

「時に浪岡、先生は何故《なにゆえ》に来られなんだのか」

「しかとは伺《うかご》うておらぬが、ご多忙の様子であった。ご姓名はお相手の松本様にのみお伝えするようにと念を押されたが、どういうことかな半蔵殿？」

「余計な気を遣われたくないのだろう。おぬしの素性も、屋敷内の皆には伏せておいたほうがよかろうな」

半蔵はさらりと答える。

晋助が託された言葉から、周助の苦しい立場が改めて実感できる。

三代宗家を名乗ったために同門の付き合いが狭まり、とりわけ増田道場の門人が集まっている八王子周辺には、みだりに足を踏み込めぬのだ。

死期が近付く旧友を訪ねることもままならない辛さとは、果たしてどれほどのものなのか。

辛い、苦しい、切ない……

口に出してみれば、どれも似たような言葉である。

そんな小さな言葉のひとつひとつがつながり、喜怒哀楽を相手に伝えることができる。だが、肝心の相手と会わせてもらえなくては、どうにもならない。

心ならずも愛妻と距離が空き、独り寝の寂しさに寝間着の袖を嚙んで耐え忍ぶ日々を送る半蔵の辛ささえ、今の周助の胸中には遠く及ぶまい。

やはり斗機蔵に晋助を目通りさせよう。名代として面会させ、直接会いに来られぬ苦衷《くちゅう》を察してもらおうではないか。

蔵六とその一門との関係を修復するのが至難であっても、武芸者に非《あら》ざる立場の斗機蔵とならば、分かり合えるに違いない。

半蔵は、そう確信していた。

「付いて参れ」

告げると同時に踵《きびす》を返し、母屋に向かって歩き出す。

後に続く晋助は、訳が分かっていなかった。

そのほうが都合がいいと思えばこそ、半蔵は周助の真意を教えなかったのだ。

師匠の置かれた立場を理解すれば怒り出すであろうし、何も知らぬまま名代の役目を果たして帰ってくれれば、それでいい。

とはいえ、警戒していないため声が大きいのは困りもの。

「手入れの行き届いた庭だなぁ。小さいけど池もあるし……俺も晴れて忍《しのぶ》と所帯を持ったら、こんなお屋敷に住んでみたいよ」

目立たぬように用心しながら母屋を目指す半蔵をよそに、能天気なことを言うばかり。秋晴れの陽気に浮かれたのだろうが、抜き足差し足、冷や汗を搔き搔き歩いていては、とても相槌《あいづち》を打ってやる気になれない。

「これ、黙って歩け」

「不謹慎であったか、すまぬ」

肩越しに注意を与える半蔵に、晋助は歩きながら詫びる。

この素直さが、接していて何とも辛い。

事実を隠した後ろめたさに耐えかねて、半蔵はぼそりと告げる。

「謝らずとも構わぬよ。人目に付かねば、それでいいのだ」

「左様か」

晋助は怪訝《けげん》そうにうなずいた。

相変わらず、何を言われているのか理解できていない。

どうして半蔵は先程から、妙なことばかり口にするのだろうか。

訳が分からずに首を傾《かし》げつつ、黙って後に付いていく。

母屋が近付いてきた。迂回して、縁側に向かう。

「さ、こちらから上がるがいい」

「失礼いたす」

と、そこに廊下のきしむ音。

「何をしておるのだ、半蔵」

「増田先生……」

半蔵は絶句した。

病室から出てきたのは増田蔵六。

ここに来て鉢合《はちあ》わせをするとは、間が悪すぎる。

半蔵が割って入るより早く、蔵六は晋助に問いかけた。

「増田蔵六と申す。おぬし、何者か?」

問いかける口調は厳しい。病室に近付く者を、ことごとく疑っているのだ。

何しろ働き者の中間《ちゅうげん》だった権太が金に転び、事もあろうに襲撃の手引きをしたのだから無理もあるまい。

見知らぬ剣客が現れたとなれば尚のことで、斗機蔵の命を狙う刺客の一味ではないかと疑ってかかかるのも当然だった。

「不躾《ぶしつけ》だが、まずは姓名の儀を聞かせてもらおう」

「浪岡晋助にござる」

「用向きは」

「松本様のお見舞いに罷《まか》り越した。お目通りをさせていただきたい」

答える晋助の態度は堂々たるもの。この調子なら、心配するには及ぶまい。

安堵《あんど》する半蔵をよそに、蔵六は続けて問うた。

「それはかたじけない。して、斗機蔵とは如何《いか》なる間柄かな?」

少し口調が柔らかくなってきたのは、晋助を刺客ではないと見なせばこそ。

もとより、蔵六には人を見る目がある。

まだ正体こそ判明していないものの、斗機蔵の命を付け狙う一味の執念深さは並外れている。

晋助が一味の仲間であれば、しつこい尋問に付き合わされているうちに焦《じ》れて早々に正体を現すか、少なくとも態度に出るはずだ。

これは違うと判じた以上、もうすぐ解放してくれるのだろう。

しかし、晋助は詰めが甘かった。

「恐れながら、一面識もござらぬ。わが師の名代として、江戸より参上いたした次第にござる」

「ほほう。それはそれは、遠路ご苦労であったな」

蔵六は興味深げな面持ちになった。

「時におぬし、なかなかの遣い手らしいの」

「滅相《めっそう》もない。一本差しにするのがやっとの貧乏浪士にござる」

「いやいや、大したものじゃ。卒爾《そつじ》ながら流名は？　道場は？」

それは素性を探るためではなく、江戸からやって来た若い剣客に対する、純粋な好奇心ゆえの問いかけだった。

名の知れた道場を適当に挙げておけば、上手くごまかせていただろう。

しかし、晋助は甘かった。

「天然理心流、試衛館にござる」

さらりと口にしたとたん、半蔵はがっくりとうなだれる。

周助の名前を伏せても、流派の名を出せば同じこと。

己の迂闊さに、晋助はまだ気付いていなかった。

「成る程のう。おぬし、試衛館の門人であったか……」

「されば貴公は、我ら一門をご存じなのか？」

「うむ……知る人ぞ知る天然理心流の三代目を受け継ぎし、大した御仁が構えた道場と承っておる……」

微笑交じりにつぶやきながらも、目は笑っていない。

見守る半蔵は気が気でなかった。

蔵六は、晋助を一体どうしようというのか。

まさか、この場において制裁するつもりなのか。

そうだとすれば、ここは半蔵自身にとっても正念場《しょうねんば》。

増田道場か、それとも試衛館か。

蔵六か、周助か。

いずれの味方か、この機に立場をはっきりさせなくてはならなくなる。

半蔵の表情に緊張が走る。

「何としたのだ、半蔵殿？」

晋助が怪訝《けげん》そうに顔を覗き込む。蔵六が殺気までは放たぬため、危機が迫っていると分かっていないのだ。

そんな晋助に対し、蔵六はすぐさま危害を加えはしなかった。

「成る程のう。近藤周助……殿のご門人なれば、半蔵とも親しいのだな」

「左様。一回りも上なれど、剣友として昵懇《じっこん》に願《ねご》うており申す」

「それは重畳《ちょうじょう》。向後も半蔵のこと、よしなに頼むぞ」

愛想良く、蔵六は晋助の肩をポンと叩いた。

だが、続く言葉は素っ気ない。

「ところで見舞いの儀だが、病人は今し方寝付いたばかりでな」

「されば、お目覚めを待たせていただきたい」

「それでは日も暮れてしもうて物騒だ。どうであろうな、良かったら半蔵の部屋に今宵は泊まり、斗機蔵を見舞うのは明朝にいたしては」

「されど……」

「遠慮は要らぬぞ。半蔵が江戸を離れし間の、積もる話もあるのだろう」

蔵六はやんわりと、しかし強引に話を決めた。

「おーい、おきぬは居《お》らぬか」

「増田様、何ぞ御用か？」

「客人の世話を頼む。半蔵ともども、よしなにな」

「あい」

おきぬは何も知らぬまま、嬉々《きき》として蔵六に答える。

「半蔵さんのお友だちかぁ。よろしくな」

「こ、こちらこそ」

馴《な》れ馴《な》れしくも心のこもった態度を示され、晋助は微笑み返す。

蔵六のことも、まさか師匠の敵であるとは見なしていなかった。

一方の半蔵は悔やんでいた。

（こやつ、周助殿から肝心なことは何も聞かされておらぬのだな……）

すべてを事前に教えておくべきだったのだろう。

しかし、それは勝手にやってはならぬこと。

半蔵が試衛館一門の現状を晋助に明かせなかったのは、ほぼ孤立無援の立場で三代宗家を名乗り、我が道を行く周助をひとかどの男と認めていればこそ。

たしかに、周助は満場一致で宗家と認められた身ではない。

技にしても、亡き二代宗家から受け継いだのは剣術のみ。直弟子《じき》の一人だったのは事実だが、残る柔術《じゅうじゅつ》と棍術《こんじゅつ》は免許まで授かっていない。

近藤三助が得意とした天然理心流の三術《さんじゅつ》を余さず会得し、門人に正しく教えるのが可能な蔵六こそが、真の宗家。増田道場の門人たちはそう信じている。

こんなことを晋助に教えれば、これまで周助に寄せてきた敬意が、たちどころに失《う》せてしまいかねない。師弟の絆《きずな》にひびが入るのを防ぎたい一念で、半蔵は口をつぐんでいたのである。

だが、思いやりは裏目に出た。

「剣の友か……良き哉《かな》、良き哉、はははは」

晋助をおきぬに任せた蔵六は、上機嫌で屋敷を後にする。

時刻はまだ昼前。

千人同心組頭の仕事も今日は非番らしい。これから道場に戻って、門人たちに稽古でも付けてやるのだろう。

教えを受けている者たちの中には、佐和もいる。

妻は一体どうしてしまったのか。

夫と距離を置き、女だてらに剣の稽古に励むことで何を得たいのか。

(佐和……)

半蔵の悩みの種は尽きなかった。

そんな心に追い打ちをかけたのは、思わぬ出来事。

晋助を部屋に案内し、着替えをさせている最中のことだった。

「きゃっ!」

おきぬの悲鳴に慌てて振り向くと、晋助の肩には見慣れぬ痣《あざ》。江戸では稽古を終えるたびに井戸端で一緒に汗を流しているが、こんな痣は見たこともない。

「何としたのだ、浪岡!?」

「俺にも分からぬ……」

諸肌脱ぎになったまま、晋助は茫然《ぼうぜん》自失。

半蔵がおずおずと口を開く。

「まさか、あのときに」

「何と……」

晋助の全身が、ぞわっと粟立つ。

まったく覚えのない痣は、蔵六が残したもの。肩を軽く叩かれたときに付いたのだと分かったとたん、半蔵ともども慄然《りつぜん》とせずにいられなかった。

三

その夜、晋助は半蔵と床を並べて眠りについた。

(俺は招かれざる客……だったのだな)

胸の内でつぶやく表情は暗い。

どうして半蔵が自分の扱いに困ったのか、今や十分に理解できていた。

(人目を忍んでお見舞い申し上げ、早々に退散すべきであった……)

しかし、もはや後の祭り。すでに夜は更け、おまけに病室の周囲は増田道場の門人衆によって十重二十重《とえはたえ》に固められている。

半蔵に確かめてもらったところ、今後は一同が交代で不寝番をするとのこと。

(ついに怒らせてしもうたか……)

晋助が改めて思い知ったのは、増田一門を率いる蔵六の力。

つい先頃に刺客の一団の襲撃があった以上、警戒を強化するのは当然。

増田道場の面々の骨折りを斗機蔵の家族は疑うどころか感謝し、蔵六の気遣いに大いに感じ入っていることだろう。

だが、あの男の真意は別のところにある。

松本斗機蔵は蔵六の昔馴染みにして、千人同心の宝。

周助の弟子如きに、気安く面会させはしない。

たしかに斗機蔵を大事に想い、護りたい気持ちがあるのは事実。

しかし警固を強化させたのは、あくまで晋助を締め出すことが狙い。

理不尽《りふじん》な扱いである。されど、誰も責められまい。

増田道場一門の立場になって考えれば、江戸に出て勝手に試衛館を構え、三代宗家を標榜《ひょうぼう》するなど以《もっ》ての外《ほか》。

表立っては口が裂けても言えぬことだが、周助が嫌われたのも当然だろう。

何より晋助が嘆かわしいのは、己自身の短慮だった。

（名代など安請け合いせず、先生を説き伏せてお連れするべきであった……）

考えてみれば、周助の行動は不自然だった。

試衛館がある市谷柳町と八王子は、健脚ならば一日で往復できる距離。まして昔馴染みが重病ならば、いかに多忙であろうと自ら出向くはずだ。

何よりも、周助は見舞いを人任せにするほど薄情な質《たち》ではない。

飄々（ひょうひょう）としているようでいて情に厚く、女遊びが些（いささ）か過ぎる反面、糟糠（そうこう）の妻への配慮を怠らず、夫婦の仲は円満。剣の師匠のみならず、一人の男としても見習いたいと常々思っていた。

そんな周助が同じ流派の人々から嫌われ、つまはじきにされているとは残念で仕方がない。

せめて増田道場一門との仲を、何とか修復できないものか——。

晋助はごろりと寝返りを打つ。

半蔵はこちらに背を向け、肩まで夜着《よぎ》で被《おお》っていた。

話しかけてほしくない。無言の内に、態度でそう示している。

「半蔵殿、半蔵殿」

呼びかけても返事はなし。

今日の失態で呆《あき》れられ、無視されてもやむを得まい。

それでも晋助は諦めようとはしなかった。

「起きておるのだろう? 俺の話を聞いてくれ、半蔵殿。なぁ」

常夜灯のほのかな明かりが、晋助の真剣な横顔を照らし出す。

しつこく呼びかけるうちに、半蔵がのっそりと身を起こした。

「話とは何だ……」

ふぁっと半蔵は大欠伸《おおあくび》。

振りではなく、本当に眠っていたらしい。

寝起きで機嫌こそ悪くても、告げる口調はきつくなかった。

「あまり悩むな、浪岡」

「されど……」

「おぬしばかりが悪いわけではないのだ。今少し、気を楽にせい」

蔵六の怒りを買ったのは、自分にも責任がある。そう言いたいのだろう。

気持ちは有難いが、今は慰め合っている場合ではない。

「……なぁ、半蔵殿」

「何だ」

「俺は災い転じて福を成したい」

「成る程……本気らしいな」

「うむ」

「増田先生は手強いお方ぞ。それでもやるか?」

「むろん」

「左様か……ならば俺も、腹を括《くく》るといたそう」

もとより半蔵はやる気十分だった。悩んだ末に晋助が立ち直り、事を前向きに考えて行動し始めるのを、一眠りしながら待っていたのだ。

半蔵とて、兄弟子を裏切るつもりはなかった。

晋助を締め出すための過剰な警備を止めさせ、余りにも行き過ぎた振る舞いに及んだことを反省してもらえれば、それでいい。

半蔵は足を組み、どっしりと座り直す。

「さて浪岡、まずは何から始めようか？」

「そのことならば、すでに思案はまとまっておる」

「ならば聞こう」

「では……」

晋助はうなずくや、おもむろに話を切り出した。

「卒爾《そつじ》ながら、半蔵殿にお願いがござる」

「任せておけ」

「かたじけない」

「して、何をすればいいのだ」

「ぜひとも嫁御を口説き落とし、我らの味方に付けてもらいたい」

「は？」

半蔵は唖然とした。

「嫁御とは、佐和のことか？」

「左様」

「あれを味方に付けたいから、口説き落とせと？」

「そのとおりにござる」

「阿呆《あほ》なことを言うでない！」

半蔵は呆れていた。

「甘いぞ浪岡、この愚《おろ》か者！」

怒った妻を夫に振り向かせるだけでも大変なのに、赤の他人のために動かせるとでも本気で思っているのか。

ましてや、相手は佐和である。果たして誰が言うことを聞かせられるのか。

「こちらは真面目に頼んでおるのだ」

晋助は負けじと食い下がった。

「これは貴公のためにもなることぞ、半蔵殿」

「おぬし、何が言いたい？」

「言うても構わぬのか」

「今さら俺の機嫌を伺《うかご》うてどうする？　これ以上は怒らぬから、早う申せ」

「では、言うぞ」

息を整えた晋助は、真剣な面持ちで言葉を続ける。

「半蔵殿……このままではおぬし、佐和さんを増田殿に取られてしまうぞ」

「馬鹿な。はははははは」

話を切り出されて早々に、半蔵は笑い出す。

笑わずにはいられぬほど、馬鹿げた晋助の想像だった。

少々仲が険悪になったとはいえ、蔵六と半蔵は兄弟弟子の間柄。寂しい思いをさせられていても、まさか妻を取られてしまうとは考えてもいなかった。

それでも晋助は引き下がらない。

「世の中には下種《げす》が多いのだ。残念ながら増田殿も……」

「黙り居れ！　浪岡っ！」

余りのしつこさに、半蔵は苛立《いらだ》ち全開。

「先ほどから阿呆なことばかり言いおって！　俺と佐和がこのまま夫婦別れするとで

も思うておるのか？　それに増田殿は下種とは違うぞ！　これ以上の無礼は許さぬ！　大概にせい！」

「しーっ！　謝るから静かにせい！」

晋助は慌てて宥《なだ》めにかかる。

言い合いになっては意味がないし、屋敷内に待機している増田道場の門人衆が不審に思って駆け付ければ、半蔵も晋助も大恥を掻くだけだ。

ここはお互いに気を鎮め、冷静に話し合うべし。

晋助は繰り返し頭を下げる。

「俺が悪かった、このとおりだ」

「……おぬし、本気で詫びておるのか」

「もちろんぞ。生意気をさんざん言うて申し訳ない」

「……もういい。頭を上げよ」

半蔵はゆっくりと座り直す。

まだ憮然《ぶぜん》としているものの、顔色が落ち着いてきたのは夜目にも分かった。

「改めて話を聞こう……浪岡、おぬしは佐和に何をやらせたいのだ」

「先ほども申したとおりだ。味方に付け、増田殿を説き伏せてもらいたい」

「うむ……」

半蔵は渋い顔。

冷静になって聞いてみれば、晋助が言うことにも一理ある。

男たちより弁が立つ佐和ならば、幾らでも相手を説き伏せ、考えを変えさせて状況を好転できるに違いない。

だが、今の半蔵のために佐和が動いてくれるか否かは分からない。

「夫婦別れはしておらぬのだろう？　どうしていかんのだ？」

「肝心の気持ちが離れてしもうたからな……今の俺の言うことには、容易に耳を傾けぬよ」

「難しいのだな、夫婦とは……」

晋助は口をつぐんだ。

半蔵が先ほど怒ったのも無理はないと、遅れ馳《ば》せながら痛感していた。

いずれは晋助も、恋人と所帯を持つつもりである。

上手く行けば、年の内に祝言《しゅうげん》を挙げることができるだろう。

しかし、果たして順風満帆に行くのだろうか。

半蔵の話を聞くほど、晋助は不安を覚えるばかり。

自分たちは過《あやま》ちは犯さぬと信じたい。
ともあれ、今の晋助が取り組むべきは師匠の名誉に関わる問題。
笠井夫婦の力を借りて、この機に解決したかった。
「このとおりだ！　半蔵殿！」
告げると同時に、晋助はガバッと土下座する。
文字通り、身を投げ出しての懇願《こんがん》だった。
「今一度考えてみてくれ！　頼むっ」
「む……」
半蔵の顔が震える。
隙間風《すきまかぜ》が入るのか、か細い灯火が盛んに揺らぐ。
淡い明かりが照らし出す表情からは、まだ迷いが失《う》せていなかった。
果たして佐和は、どちらを選ぶのか。
半蔵か、蔵六か。
答えを知るのは、正直恐い。
されど、事を起こさなければ待っているのは後悔のみ。
それではいけない。

後で悔いるにしても、やれるだけのことをやってからにしたい——。

「……頭を上げよ、浪岡」

「半蔵殿……」

「何遍《なんべん》も言わせるでない」

「では、佐和殿を口説いてくれるのか」

「当たり前だ。あれは俺の妻なのだぞ」

すでに半蔵の腹は据わっていた。

今夜のうちにじっくり考えをまとめた上で、佐和に挑むつもりであった。

とはいえ、策を錬りすぎるのも考えもの。

佐和は緻密《ちみつ》なようでいて、いざとなれば情の赴くままに動くところがある。

もしも半蔵に未練があれば、計算も駆け引きも抜きにして折れるはず。

そんな態度の兆しが見えたときは、こちらもガッと行かねばなるまい。

臨機応変に動くのは大変だ。

だが、そういう女人を妻にした以上はやむを得まい。

明日は半蔵の大一番。

果たして答えはどう出るのか。

振り向いてもらえなければ、それまでの縁《えん》だったということだ――。

四

翌日早々に、半蔵は動いた。

晋助を伴い、朝一番で外出したのである。

幸か不幸か、斗機蔵には蔵六の門人衆が終日張り付いているので、刺客が付け入る隙は無い。

一方で探索中の面々は敵が変装している可能性を踏まえ、八王子宿を往来する堅気の旅人たちにも、油断なく目を光らせていた。

今の様子なら、半蔵がいなくなったところで大事はない。

松本家を抜け出すとき、一芝居打つことも忘れなかった。

「この者を日野の渡しまで送って参る。後を頼むぞ」

わざわざ病室の前まで晋助を連れて行って宣言し、これから江戸に帰すことを印象づけたのである。

鋭い目を向けてきた門人衆も、見舞いを断念したと聞けば一安心。

「わははは。跳ねっ返りの師匠に似ず、聞き分けが良いことだのう」

「結構、結構。二度と思い上がった真似をいたすでないぞ」

勝手なことを言うものだ。

「辛抱せい……」

ムッとした晋助を宥《なだ》めつつ、半蔵は屋敷を後にする。

人目を忍んで向かった先は、同じ千人町にある増田家の屋敷。

佐和が道場で稽古をするのは、午後になってからのことだという。

朝のうちは在宅しているのなら、接触を図るのも容易《たやす》い。

むしろ問題なのは、いざ夫婦で向き合ってからのやり取りだ。

すっかり軽んじられた半蔵に、果たして勝機はあるのか。

「何事も気合いぞ。落ち着いて参れよ、半蔵殿」

「分かっておる……」

増田家が近付いてくる。

いつの間にか立場が逆転し、今度は晋助が半蔵を宥めていた。

年下に助けられてばかりでは、気が萎《な》えてしまっていけない。

すっと半蔵は背筋を伸ばす。

秋の陽射しは今日も明るい。

晴れた空を見上げ、半蔵は表情を引き締めた。

「参るぞ、浪岡」

「承知」

うなずき合い、二人は屋敷内に入り込んだ。

そーっと足音を殺して廊下を伝い、抜き足差し足、台所で居眠りしていた女中を起こさぬように、先を行く。

聞こえてきたのはパチパチパチパチ――算盤を続けざまに弾く音。

佐和が奥の座敷で机に向かい、励んでいたのは帳簿付け。部屋の掃除はとっくに済んでおり、畳にも障子の桟《さん》にも埃ひとつ見当たらなかった。

「あら、お前さま。浪岡様まで何事ですか」

案の定、佐和の態度は素っ気ない。

半蔵は負けじと敷居際から微笑みかける。

「おお、朝も早うから精が出るの」

「まぁ、気味の悪い」

ふっと佐和は苦笑する。

気を惹《ひ》こうとして笑ったのとは違う。半蔵に作業の邪魔をされたくないのだ。

近寄り難い雰囲気に屈し、あっさり引き下がっては来た意味が無い。

「半蔵殿」

晋助がぐっと背中を押した。

半蔵は意を決し、敷居を越えて進み出る。

刹那《せつな》、大きな体が宙に舞う。

障子の陰に潜んでいた何者かが、手首を摑んで投げ飛ばしたのだ。

「く！」

とっさに半蔵は体《たい》をひねって受け身を取る。

廊下に降り立ち、キッと見返す先には増田蔵六。こちらが行動を起こすのを見越して、佐和の身辺に張り付いていたのだ。

「妻と話をさせていただきたい……申し訳ないが、しばしご遠慮くだされ」

「ほざけ」

一笑に付し、蔵六はずいっと前に出る。

迎え撃つ構えを示しつつ、半蔵は晋助を止めていた。

「俺に任せろ、半蔵殿っ」

「よせ。おぬしの敵《かな》う相手ではない……」

二人の実力は天地の差。挑んだところで瞬時に返り討ちにされるのがオチ。

天然理心流の剣術に加えて、柔術《じゅうじゅつ》と棍術《こんじゅつ》も皆伝している蔵六は、丸腰で戦っても十分強い。晋助の腕前では一蹴されるのが目に見えていた。

それにしても、蔵六は厄介な相手であった。

年齢差など関係なく、実力は掛け値抜きに半蔵の上を行っている。

そんな強者《つわもの》が半蔵を敵と見なし、排除しようと心に決めているのだ。

むろん、命まで取ろうとは思わない。

何しろ相手は弟弟子。まだ少しは情も有る。

蔵六としては半蔵を打ち負かし、夫婦別れをさせられれば、それでいい。

しかし無理強いし、ただの痴話《ちわ》喧嘩と世間から思われてはまずい。

そこで蔵六は考えた。

向こうから挑んできて、こちらは降りかかる火の粉を払った形に勝負を持っては行けないものか――。

かかる考えの下、好機が到来するのを待っていたのである。

そこに飛び込んできた、夏ならぬ秋の虫が浪岡晋助。

わざとすげなく扱い、斗機蔵の見舞いもさせなかったのは、怒った晋助が旧知の半蔵を恃《たの》みとし、一緒に文句を付けに来るだろうと見越してのこと。

案の定、半蔵と晋助は朝一番で屋敷に乗り込んできた。

ものの見事に、罠にかかってくれたのだ。

もはや晋助はどうでもいい。

蔵六が倒さねばならない相手は半蔵のみ。増田道場育ちでありながら試衛館に肩入れする裏切り者として、制裁を加える口実ができたのだ。

それに、蔵六は過剰な暴力など振るっていない。

腕に覚えの柔術で軽く投げただけにすぎず、かつての教え子である半蔵ならば受身も容易《たやす》く取れるので無問題。十数年来の信頼の下で組み合っただけと主張すれば、役人が介入しても何も言えまい。

そんな蔵六の企みどおり、事は着々と進んでいた。

と、半蔵がおもむろに口を開く。

「ちと話をしてもよろしいですか」

「何じゃ。不服の儀あらば、手短に申せ」

「さに非ず。逆にお詫びをさせていただきたいのです」

「詫びとな？」

「こちらの連れが昨日はご無礼をつかまつりました。何卒《なにとぞ》お許し願いまする」

「ああ、そのことか」

蔵六は薄く笑った。一挙一動に貫禄がある。

「安堵せい。周助の弟子如きを相手にする気は、もとより無いからのう……」

余裕でうそぶきつつ、半蔵を見やる態度も貫禄十分。

ちなみに蔵六が帯刀せず、屋内でも腰にするのが習慣とされる脇差さえ外して待っていたのは、しかるべき理由があればこそ。

八王子千人同心の組頭という、微禄ながらも公儀の職に在《あ》る上に、大勢の門人まで擁《よう》する身であるからには、蔵六は世間体《てい》を捨てるわけにはいかない。

美しい人妻を、しかも弟弟子の嫁を巡って刃傷沙汰《にんじょうざた》を引き起こすなど以ての外だが、素手での争いなら稽古中の事故で済まされる。管理者側が現場指導の一環で行うのであれば尚のこと、役人には介入できまい。

されど寸鉄でも帯びていれば殺意があったと見なされ、万が一のことがあれば罪は重くなってしまう。ならば最初から何も持たず、身一つで解決したい。剣術と柔術を併せて修めた、蔵六らしい発想と言えよう。

「どこからなりとかかって参れ……」

刺客との戦いで言い放ったのと同じ口調で、蔵六は半蔵を挑発する。

対する半蔵は冷静そのもの。

蔵六との間合いを、淡々と目で推し量っていた。

立ち位置の間隔だけではない。攻めかからんとする相手の気を削《そ》ぎ、あるいは逸《そ》らすのも勝負の一環というものだ。

事ここに至ったからには、勝負そのものは避けられない。

ならば相手の虚を突き、スパッと流れを変えるのみ。

蔵六が一歩、前に出る。

「お待ちくだされ、先生」

次の足が床から持ち上がろうとした瞬間、半蔵は問いを放った。

「こちらの廊下では幅も狭《せも》うて、動きにくうござる。今少し、広い場所に移ってはいかがですかな」

「ははははは、何を今さら臆しておるのだ。いざとなれば庭でも路傍でも、相手と向き合いし場が戦場《いくさば》となるのが男の定め。まして、ここは我が屋敷。思う存分に戦うがよかろうぞ」

弱気とも受け取れる発言を、蔵六は一笑に付す。

ところが、半蔵の表情に変化は無い。

まったく動揺を示さぬばかりか、意外な提案を持ち出したのだ。

「されば勝負はお受けいたしましょう。ただし……」

「何だ。早う申せ」

「立会人を今一人、ご手配いただけませぬか」

「立会人、とな？　ならば、佐和殿が居るではないか」

蔵六はちらりと横を見やる。

佐和は机の前に座したまま、事の成り行きを見守っていた。

だが、半蔵はそれでは不満らしい。

「あれをこの場に呼んだのは先生でありましょう。私から頼んだことに非ざれば公平を期して新たに一名、釣り合いが取れるようにお願いしたいのです」

「ふん、公平を欠くということか……やむを得まいの」

不承不承、蔵六は提案を受け入れた。

承服したところで、大した支障はあるまい。

不器用者の考えることなど、高《たか》が知れている。

このまま晋助を同席させるか、あるいは勝負を日延べしたいと頼み込み、江戸から周助を担ぎ出す気なのだろう。

何ひとつ、恐れるには値しない。

それでも蔵六は念のため、探りを入れてみることにした。

「して半蔵、うぬは何者を立ち会わせたいのか」

「誰でもよろしいのですか?」

「是非は問わぬ。好きにせい」

「されば、申し上げます」

半蔵はにやりと笑った。

この屋敷に乗り込んでから初めて浮かべる、朗《ほが》らかな笑顔であった。

「私が所望《しょもう》いたすは、おきぬにござる」

「えっ?」

蔵六は唖然とした。

佐和を取り戻しに来たくせに、何という名前を出すのか。

まさか焼けぼっくいに火が点き、本気になったとでも言いたいのか。

この男、どちらの女が好きなのか。

こんなに朗らかな顔をして、何を考えているのだろうか――？

蔵六の疑念をよそに、半蔵はあくまで明るく、言葉を続ける。

「おきぬと佐和を二人仲良う並べて座らせ、我らの戦いの見取りをさせてやっていただけませぬか」

「それはまた、何故《なにゆえ》にじゃ」

「知れたこと。勝負の成り行きを見守る素振りから、真心を確かめるのです」

「真心とな？」

「どのみち一人を選ぶのなら、私は心の底から好いてくれるおなごがよろしゅうござる。先生も自信がお有りならば、この機に佐和の心をしかとお確かめなされませ。私は私で、おきぬの気持ちを存分に見届けとう存じまする」

そこまで半蔵が口にしたとき、横で金切り声がした。

「お前さま！」

佐和は血相を変えていた。

「やはり、あの女に気があったのですね！　悔《くや》しい！」

立ち上がった弾みで机が倒れ、算盤と帳面が転がる。

構うことなく、佐和は半蔵に詰め寄った。

「さ！　お答えなされ！」

久しぶりに耳にする、鋭《するど》い叫びであった。

五

こうして妻が悋気《りんき》するのは、夫に惚れていればこそ。

ただ養ってくれるだけでいいと思っていれば、どんな美女を連れ歩いても意に介さぬものだが、佐和は違った。

熱々《あつあつ》だった道中から一転して構ってもらえなくなり、寂しさが嵩《こう》じて一時は蔵六になびいたものの、心の底から惚れ込んでいたわけではない。

半蔵はどう出るつもりなのか。

いつ、どの頃合いで、妻を取り返しに乗り込んでくるのか。

そしてどこまで真剣に怒り、謝り、反省するのか。

佐和はその一部始終が見たかった。

故に澄ました顔で机の前に座り、蔵六の挑発に半蔵がどのように応じるのかを見守っていたのだ。

そんな期待に反し、半蔵はとんでもないことを言い出した。

事もあろうにおきぬの名前を挙げ、恥知らずな提案をしてきたのだ。

こんなことをして、佐和が本気で蔵六になびいたらどうするつもりなのか。

「お前さまには、ほとほと呆れましたぞ……」

夫の襟《えり》を摑んだまま、佐和は泣いていた。

「ひどい！　酷うございまする～！」

わぁわぁ子どもの如く泣きわめき、滂沱《ぼうだ》の涙を流していた。

勝手なものだが、これが本音なのだから仕方あるまい。

怜悧《れいり》にして単純で、冷静でありながら熱情を秘めてもいる。

一言で言えば、面倒くさい。

そんな面倒くささが佐和の魅力であることを、半蔵は誰より承知していた。

襟を摑んだ手をそっと外し、震える肩を抱く。

「すまなかったな、佐和」

「え？」

「よく存念を明かしてくれた。嬉しく思うぞ」

「お前さま……」

「そなたの気持ちを試させてもろうた。先ほどから口にしておったのは、すべて偽りよ」

「まぁ……」

佐和は呆気《あっけ》に取られていた。

怒る気持ちにも増して、安堵の念が大きい。

そんな佐和に、半蔵は続けて言った。

「もとより俺の気持ちはぶれてはおらぬ。如何に厳しゅう言われようと、そなたから心が離れたことは一度も無かったぞ……」

「まことですか」

「当たり前だ。この期《ご》に及んで偽りは申さぬ」

常にも増して朴訥《ぼくとつ》な、それでいて熱意を帯びた物言いである。

もはや偽りなど口にしていない。

心の底から発した、妻への真摯《しんし》な告白であった。

「嬉しい！」

たちまち佐和は満面の笑み。

収まらないのは蔵六だった。

思わぬ成り行きに気が抜けたのか、廊下にへたり込んでいる。

自分はだまされていたのか。なぜ、こんな目に遭うのか。

有り得ぬ結末に、ただただ茫然とするばかりであった。

「これは如何なる茶番なのか……教えてくれ、半蔵」

「返す言葉もありませぬ」

慇懃《いんぎん》に言上《ごんじょう》しながら、半蔵は深々と頭を下げた。

慌てて佐和も後に続く。

「何事も私の不徳のいたすところ。幾重《いくえ》にもお詫び申し上げまする」

晋助までが膝を正し、無言で平伏している。

だが、蔵六の怒りは、この程度の詫びで鎮まるものではなかった。

「許さぬ……」

ゆらりと腰を上げつつ、三人を順繰りに見やる。

そこに乱れた足音が聞こえてきた。

「何事ですか、先生っ」

女中の知らせを受け、駆け付けた門人衆である。

「ちょうど良い……こやつらを道場に連れてゆけ」

「道場に、でございますか？」

「言われたとおりにせい。抗《あらが》わば、縛り上げても構わぬ」

「は、はい」

謹厳《きんげん》な師匠らしからぬ物言いに戸惑いながらも、門人衆は動いた。

「ご、ご無体《むたい》な！」

「何をするか！　離せっ！」

まずは佐和と晋助を拘束し、有無を言わせず引っ立てていく。

後に残った半蔵には、さすがの門人衆も近寄り難い。

増田道場の正式な門人に非ざる立場でも、腕の程は誰もが承知の上。まともに立ち合って勝てるのは、蔵六ぐらいしかいないのだ。

にも拘わらず、蔵六は何も指示せずにいる。

一斉に襲いかかれとも、自分がやるとも言わない。

憮然《ぶぜん》とした面持ちのまま、腕を組んでの仁王立ち。

これほど怒っている姿を目《ま》の当たりにするのは、みんな初めてだった。

「先生……」

門人衆は一様に困り果てていた。

と、半蔵はおもむろに立ち上がった。

仁王立ちの蔵六に歩み寄るや、厳《おご》かに問いかける。

「道場にて何をいたさばよろしいのですか、先生?」

「まずは、儂《わし》と立ち合え」

「承知しました」

「その上で、うぬには覚悟を決めてもらうぞ」

「…………」

「何も命まで取りはせぬ。先ほど申したとおりにしてもらうだけでいい」

「……如何《いか》なることでありますか」

「ふっ……もう舌の根が乾いたとでも言うつもりか」

蔵六は苦笑した。

むろん、目は笑っていない。

「佐和とおきぬ、いずれか一人に決めるがよかろう」

「えっ」

「どのみち二人では手に余るだろう。片方は儂が引き受ける故、安堵せい」

「そんな、ご無体な……」

「ただし、やり方は少々改めるぞ」

驚く半蔵に、蔵六は続けて言った。

「立ち合いに敗れし者は、余りしか選べぬこととといたす。つまり儂が勝てば佐和殿を頂戴《ちょうだい》するが、文句は一切聞かぬということじゃ。よいな」

そこまで告げるや、蔵六は拳《こぶし》を一閃《いっせん》させた。

突いたのはみぞおち。

悶絶させられた半蔵は、すぐさま道場に運ばれた。

かくして始まったのが、兄弟子との立ち合い。

道着に装いを改めさせられ、木刀を握らされた半蔵は、本気で打ちかかる蔵六に手も足も出なかった。

木刀がうなりを上げて迫り来る。

大きく弧を描き、空気を裂く音は鋭い。

真剣を振り抜く刃音とは、また違う。腹の底までズシリと来る、重厚な響きを帯びていた。

「く！」

苛烈《かれつ》な打ち込みを、半蔵は辛《かろ》うじて受け止める。

手にした木刀がギリギリきしむ。柄を握った指が震える。

半蔵の剛腕が木刀にかかる重みに耐えきれず、今にも相手に押し切られそうになるとは尋常《じんじょう》ではない。

昼下がりの道場に立っているのは、半蔵と蔵六の二人のみ。

「はぁ……はぁ……」

半蔵は苦しげに息を継ぐ。

初老の相手に追い込まれ、脂汗を流すばかり。

「観念せい、半蔵」

蔵六は鋭い口調で告げてくる。

「すべてはおぬしのためぞ。男らしゅう、受け入れよ」

「く……」

「応ずるか、それとも否《いな》か?」

「い、否っ」

汗まみれになりながら、半蔵は懸命に声を絞り出す。

「そ、それがしは、笠井の家を出とうはありませぬ……」

「まだ言うか、うぬ！」

意に染まぬ答えを返され、蔵六は怒声を上げた。

ふっ、と半蔵の手許が軽くなる。

蔵六が木刀で押してくるのを止め、跳び退《すさ》ったのだ。

自ら離れ、間合いを取り直したのは新たな一打《いちだ》を見舞うため。

とっさに半蔵は振りかぶったが、反撃に転じる余裕は与えられない。

カーン。

受け止めた刹那《せつな》、木刀が音高く鳴る。

先程にも増して、重く激しい一撃であった。

「くうっ」

半蔵は何とか踏みとどまる。

余裕がないのは相変わらず。六尺に近い長身はぐっしょり汗にまみれ、絞れるほどに道着を濡らし、足下にまで滴り落ちる。

すでに九月を迎え、陽暦では十月の中旬になるというのに、窓越しの陽射しはギラギラきつい。暑さに加えて、蔵六が絶えず与えてくる心への圧迫感が、劣勢の一因となっていた。

半蔵は完全に防戦一方。このまま押され続ければ、待つのは敗北のみ。

敗れれば、佐和との仲を裂かれてしまう。そんな話を受け入れるぐらいならば腹を切り、いっそのこと自裁したほうがマシというもの。この覚悟の下に死力を尽くし、勝つしかないと思い定めていた。

「むん！」

半蔵は腰を入れて押し返す。

と、またしても木刀が軽くなった。

虚を衝いて、蔵六が半蔵から離れたのだ。

激しい打撃が立て続けに襲い来る。

苛烈な打ち込みを半蔵は連続して受け止め、受け流す。

一挙一動が懸命だったが悲しい哉《かな》、気力に動きが付いてこない。思うように肩が上がらず、足もよろけがちだった。

そんな半蔵を追い込んでいく、相手の男は堂々たるもの。

まったく疲れを見せないのは、もとより体力が十分であるのに加えて、無駄な動きが皆無であればこそ。常に最小限の体さばきで死角を突き、打ち込んでくるので反撃しづらい。

手にしているのは木刀なのに、斬られる恐怖が迫り来る。

道場での立ち合いならば、少年の頃からお手の物のはずだったのに――。

真剣勝負には未だに余裕を持てず、いつも薄氷を踏む心持ちで敵と戦う半蔵も、防具を着けて竹刀で打ち合うのはもちろん、こうして素面素小手で木刀を用いることにも慣れていた。江戸で出入りしている試衛館の助っ人となり、乗り込んでくる他流派の剣客たちを相手取って、後れを取ったことは一度もない。

にも拘わらず、歯が立たないのは当たり前。

天然理心流の三術――剣術に加えて柔術と棍術を会得した蔵六は、ここ八王子の千人町に構えた道場で多数の門人を教える、天然理心流の第一人者。半蔵とは同門の士にして、恩師である二代宗家の近藤三助方昌が亡き後には代わって稽古を付けてくれた、年嵩《としかさ》の兄弟子。技はもちろん力も衰えをまったく知らず、父と子ほど歳の離れた半蔵を、足下にも寄せ付けない。

蔵六とて、可愛い弟弟子を好きこのんで痛め付けたいわけではなかった。

幸せに暮らしていてくれれば、何も言うまい。

しかし、あのキツい嫁御は、半蔵には明らかに向いていない。

思い込みではなく、直《じか》に接してきて判じたことだ。

傲慢《ごうまん》な上に家付き娘と来れば、入り婿のこの十年、どれほどいじめられてきたのかは察して余りある。

後継ぎの子がまだ授かっていないのならば離縁させ、あのじゃじゃ馬はこちらで引き受けてやる。息子も同然と想う半蔵にもっとふさわしい、第二の人生を送らせてやろうではないか。すべて良かれと思って考えたことだった。

だが、親の心子知らずとはよく言ったもの。

言っても聞く耳を持たぬのならば、体で分からせてやるしかあるまい。

「今一度だけ問うぞ。応ずるか、それとも否《いな》か？」

「い……否っ！」

「愚《おろ》か者めが！」

怒りの一撃で木刀を叩き落とし、間を置かず飛びかかって投げ倒す。

板敷きの床が、ぶわっと撓《たわ》む。

「ぐうっ……」

半蔵は息も絶え絶え。

久々に喰らった、兄弟子の投げはキツい。叩きつけられたのが弾力に富む道場の床でなければ、二度と立ち上がれなくなっていただろう。

蔵六との格の違いは歴然。もはや、手も足も出なかった。

愛妻との仲を、このまま裂かれてしまうのか――。

「立て」

蔵六は非情に告げてくる。

このまま引き下がってはいられない。

佐和を取り戻し、共に江戸へ帰るためには勝つしかないのだ。

「されば……い、今一度お立ち合いを……」

懸命に告げながら床を這い、半蔵は転がった木刀を握る。

斯様《かよう》な危機に陥るとは、江戸を発《た》ったときには考えてもいなかった。

打ち合うばかりでは済まされず、柔術の荒技でさんざん締め上げられたあげくに再び気を失い、目覚めたときには夕方だった。

「大丈夫ですか、半蔵さん」

心配そうに告げてきたのは若い門人。

「大事ない……」

肩を貸そうとするのを断り、半蔵はよろめく足で立ち上がる。

すでに蔵六は引き上げた後。他の門人たちの姿も見えない。

がらんとした道場には、けだるい熱気だけが立ち籠めていた。

(浪岡……)

半蔵が気がかりなのは、拉致《らち》された晋助のこと。

怒り心頭の蔵六も、さすがに佐和に危害は加えまい。

しかし、晋助は扱いも違うはず。

ただでさえ招かれざる客だったというのに、半蔵と佐和が和解するのに結果として手を貸したからには、向けられる怒りも尋常ではあるまい。

まさか、最悪の事態になったのではあるまいか——。

「ご安心くだされ。奥方様ならご無事ですよ」

半蔵の木刀を片付けた門人が、気遣うように告げてきた。

誰よりも、佐和の安否を気にしていると見なしたらしい。

「何事も是非に及ばず。先生はそのように仰せられ、お部屋に戻されました」

「ならば良い……」

こちらに身柄を返さぬ代わりに、無体はしない。蔵六がそういうつもりでいるのなら、ひとまず安心だ。

怒りと恥辱に耐えかねているとしても、佐和に危害を加えるどころか、門人衆に本音をぶちまけることもしないだろう。

おきぬについても同様で、八つ当たりをするとは考え難い。

残るは晋助の安否だが、門人は何も言わなかった。

半蔵は、一言だけ念を押した。

「……もしや、死んだか？」

「いえ。逃げました」

言葉少なに答えるや、足早に出て行く。

「そうか……逃げてくれた……のか……」

それが事実なら、せめてもの救いであろう。

よろめく足を踏み締めて、半蔵も道場を後にする。

母屋《おもや》には敢えて寄らなかった。

佐和を残していくのは辛い限りだが、今日の今日で事を荒立てるのは得策ではあるまい。

後日に改めて話し合いを申し入れ、必要となれば腕ずくで佐和を取り戻す。

ひとまず今日は、打ちのめされた体を回復させるために休むのみ。

今の自分に為し得ることは、それのみだ。

（待っておれよ、佐和……）

決意も新たに縁側に立ち、秋の夜空を仰ぐ半蔵だった。

六

その夜、江戸は呉服橋の『笹のや』に、思わぬ客が現れた。

お駒が暖簾《のれん》を下ろしているところに、這々《ほうほう》の体《てい》でやって来たのは若い浪人——浪岡晋助。汗まみれの泥まみれで、おまけに髪も乱れ放題だった。

「どうしたのさ、浪岡さん？」

「み……水をくれ……」

「水くさいことを言いなさんな。懐《ふところ》がさみしいんなら振る舞ってあげるよ」

苦笑するお駒は、晋助が八王子帰りとは気付いていない。日銭稼ぎの人足仕事に出かけ、働きずくめで疲れ切ったものとばかり思い込んでいた。

そこに梅吉が板場から出てくる。

持ってきたのは、丼一杯に汲んだ水。

「しっかりしろい」

肩を支えて飲ませてやりつつ、お駒を見上げる。

「こいつぁ酒よりも焼酎《しょうちゅう》が入り用ですぜ、姐《あね》さん」

「あいよ！」

事情を吞み込んだお駒が駆けていく。空の徳利《とっくり》をぶら下げ、近くの店まで買いに出向いたのだ。

戻るのを待つ間に、梅吉は怪我の具合を調べた。

埃《ほこり》だらけの着物を脱がせてみれば、晋助の全身は打撲だらけ。増田道場を脱出するとき、追ってきた門人衆とやり合って受けた傷だった。

「大したことはない……し……少々立ち合《お》うただけだ……」

「そんなことはあるめぇよ」

梅吉は疑わしげに晋助を見返す。

「お前さんぐれぇの剣客が、尋常の勝負でここまでやられるはずがあるめぇ……まさかお前さん、今の今まで役人にとっ捕まってたのかい？」

そこにお駒が戻ってきた。

「話なんか後でいいだろ。早く手当てをしてあげなくちゃ！」

自ら焼酎を口にふくみ、腫《は》れ上がった肌にぷーっと吹き付ける。

まずは傷の消毒を済ませ、今度は梅吉が酢《す》を持ってくる。

「ううっ……」

「辛抱《しんぼう》しなよ、浪岡さん」

苦しがる晋助に、梅吉は淡々と説き聞かせる。

「こいつぁ囚人流の療治さね。拷問蔵でさんざん痛《いて》ぇ目に遭わされてもだんまりを通した奴にゃ、仲間がこうして手当てをしてくれるのよ。辛抱できずに吐いちまったら、どんなに苦しがってもほったらかしにされるんだけどな」

「されば梅吉、おぬしは……」

「昔のことだよ。軽く聞き流してくんな」

ふっと笑って、梅吉は口元の酢を拳でぬぐう。

後はお駒と二人して、力を込めて全身を揉《も》み上げれば療治も終わり。荒っぽくも理に適《かな》った手当てのおかげで、晋助はすっかり楽になっていた。

「おぬしら、迷惑ついでに話を聞いてはくれぬか……」

恥を忍んで告白したのは、二人が半蔵と付き合いの深い立場であればこそ。

「そいつぁほんとなのかい、浪岡さん？」

思わぬ話を明かされて、梅吉は目を丸くするばかり。

一方のお駒はキツい顔になっていた。

「それじゃお前さん、旦那と奥方を見捨ててきなすったのかい⁉」

「面目《めんぼく》ない……」

「ほんとだよ！　男のくせに何やってんだ！　だらしない！」

「まぁまぁ姐さん、落ち着いてくだせぇよ」

返す言葉も無い晋助をかばって、梅吉は言った。

「ここで怒ってみたところで何も始まりゃしませんぜ。どうしやす？」

「そりゃ、ほっとくわけにはいかないだろ」

「行きますかい、八王子まで？」

「できれば店は閉めたくないねぇ。朝から孫七さんの世話もあるし……一晩で埒《らち》が明くと思うかい、梅」

「十分でござんしょう。要は奥方の身柄さえ取り戻しゃいいんですからね。サンピン
……あいや、半蔵の旦那にゃ勝手に片ぁ付けてもらうとして、俺らはできることだけ一肌脱ぐといたしやしょう」

「よーし！　話は決まったね」

目を輝かせ、お駒は立ち上がる。

「あんたは留守番だよ、浪岡さん」

「そ、そうは参らぬ……」

「いいから寝てな。怪我人についてこられちゃ足手《あしで》まといだ。何しろこっちは夜が明けちまう前に、八王子から取って返さなくっちゃならないんだからね」

お駒が晋助をやり込めている間に、梅吉は板場を手早く片付ける。

店を閉めてまで、笠井夫婦を助ける義理はない。

しかし事情を知ったからには、知らんぷりもできかねる。

「それじゃ浪岡さん、ひとっ走り行ってくるぜ」

「大人しく寝てるんだよ、いいね」

晋助に念を押し、二人は屋根の上に抜け出した。

黒装束に身を固め、一路向かうは八王子。

内藤新宿から調布、そして府中と、人目を忍んで夜の甲州街道を駆け抜ける。

谷保村辺りで船を拝借し、多摩川を越えれば八王子は目の前だ。

「すまないねぇ梅。ちょっとだけ、寝かせておくれ……」

梅吉が漕ぐ船の上で、お駒は束の間の眠りをむさぼる。

忙しく店を切り盛りする一方で、近頃は孫七の世話も焼いているのだから、疲れが溜まっていても無理はあるまい。

「大丈夫ですかい？」

「おかげでスッキリしたよ。さぁ、行こうか！」

対岸の日野に着いたお駒は、再び気丈に走り出す。

しかし、頑張りも長くは続かない。

「さ、さすがに疲れたねぇ……」

「しっかりしなせぇよ姐さん。もうちっとで一里塚《いちりづか》が見えてくるはずでさ」

「もう一頑張りするとしようか。乗りかかった船だからねぇ……」

「へい」

気丈に駆け出すお駒に、梅吉は力強くうなずき返す。

放っておけない夫婦のために、今宵《こよい》も力を尽くす所存であった。

第四章　惜別

一

お駒と梅吉は、若いながらも本格の盗っ人として鳴らした二人組。

身軽な上に足も速く、黒装束で駆ける姿は忍びの者を彷彿《ほうふつ》させる。

八王子を目指して夜の甲州街道を疾走中、近藤周助を追い抜いたことに二人は気付いていなかった。

「おっとっと……なんだい、ありゃあ」

振り向きもせず走り去るのを、周助は唖然《あぜん》と見送る。とっさに肩を引いて避けなければ、危うくぶつかるところであった。

(どっかで見たような連中だな……一人は匂いからして女だなぁ……お駒ちゃんにち

ょいと似てたが、気のせいかねぇ……）

首を振り振り、しばし歩いて到着したのは多摩川の渡し場。周助の歩みがゆっくりしていたため、結局お駒たちとは鉢合わせしなかった。

あの二人はとっくに川を漕ぎ渡り、早くも日野宿に入った頃。

周助も船を探すのかと思いきや、そのままザブザブ流れに踏み込んでいく。

流れの早い多摩川も、慣れた者なら徒歩《かち》で渡れる。浅瀬を選べば腰まで水に浸《つ》かることなく、膝から下を濡らす程度で平気であった。

「へっ……八王子に着く頃にゃ乾くだろうぜ」

うそぶく周助の装いは、木綿物のふだん着と細身の野袴。

大小の二刀を帯びているが、旅の荷物らしいものは見当たらない。笠も合羽も持っておらず、手甲脚絆《てっこうきゃはん》も着けていない。小さな風呂敷包みをひとつだけ、腰の後ろに巻き付けていた。

「あー、暑い……」

多摩川を渡りきった周助は腰を下ろし、包みを開く。

出てきたのは塩むすびと、水を満たした竹筒。宵の口まで呑んでいた居酒屋の親爺に頼み、用意してもらった夜食である。

（夜明け前にゃ着けそうだな……適当な旅籠《はたご》でひとっ風呂浴びて、小ぎれいな形《なり》にしてからお邪魔するとしようかい……）

手持ちの銭で足りるかどうかを算段しつつ、むすびを齧《かじ》って水を飲む。

周助がふだん着のまま八王子を目指して旅立ったのは、昔馴染みの松本斗機蔵を見舞うため。

昔馴染みが重い病で明日をも知れぬ命というのに、名代の弟子を行かせただけで済ませてはなるまい。そう思い直したからである。

江戸に拠点を構えて以来、周助は増田道場一門と折り合いが悪い。

出稽古で武州一帯を廻っていても寄ることは叶《かな》わず、草鞋《わらじ》を脱げるのは日野宿どまり。今日は久方ぶりの来王《らいおう》——八王子訪問だった。

自分なりの信念と覚悟の下で独立に踏み切ったとはいえ、名だたる兄弟子たちを差し置いて、三代宗家を名乗ったのは大問題。こたびも門前払いを食わされるかもしれないが、誠意だけでも示したい。

腹がこなれるのを待って、周助は立ち上がる。

行くか行かぬか迷いながら、内藤新宿でダラダラ呑んだ安酒の酔いも汗と一緒にスッキリ抜けた。

後は八王子を目指し、二里弱の夜道を歩き通すのみだ。来王の目的は斗機蔵に最期の別れと、若い頃に学問の手ほどきをしてもらったことに対する、感謝の言葉を告げること。

それさえ叶えば、どれほど邪険に扱われても構うまい。

「さーて……」

むすびの包みを片付け、空《から》になった竹筒に水を満たせば出発だ。

夜の河原は静まり返っていた。聞こえてくるのは川のせせらぎと、時折《ときおり》混じる鳥の鳴き声ぐらいのものである。

(明け烏《がらす》が鳴く頃には、宿場に着かにゃなるめぇよ……？)

歩き出そうとした刹那《せつな》、サッと周助は身を伏せた。

そーっと顔を上げ、夜目を利かせて捉えた相手は、深編笠の武士の一団。

揃いの装束は、紺無地の袷《あわせ》に袖無し羽織。定寸《じょうすん》の二刀を帯び、野袴は羽織と対《つい》の仕立て。ふだん着のまま出てきた周助と違って、手甲脚絆《てっこうきゃはん》も着けている。

そこに新手《あらて》が現れた。

「しばし待たれよ」

おもむろに姿を現し、軍団の前に立ちはだかったのは四十半ばの男。

きちんと月代《さかやき》を剃《そ》り、大小の二刀を帯びているので現役の武士と分かる。

鼻筋が太く高く、眉は黒々している。額が広く、頬骨は高い。

髭《ひげ》の剃り跡があくまで濃い、武骨そのものの顔立ちであった。

肩幅が広く、腰もどっしり据わっている。

何より周助を瞠目《どうもく》させたのは、男が放つ闘気の重さ。

離れた場所にいても押し潰さんばかりに迫ってくる、この重さは何なのか。

気迫を以て敵を制するのは、天然理心流においても身上とされている。

開祖の近藤内蔵之助長裕《くらのすけながひろ》から二代宗家の近藤三助方昌に受け継がれ、他流派を圧倒する剣の強さに、少年の周助は魅《み》せられた。

厳しい稽古を自らに課しても追いつけぬ、天才の増田蔵六が併せ修めた柔術と棍術の修行を断念して剣術のみ究め、ついに三代宗家を名乗る自信を得たのだ。

しかし、目の前のこの男に勝てるとは考え難い。

固唾《かたず》を呑んで見守る中、戦いの幕は切って落とされた。

まず鯉口を切ったのは、深編笠の武士七人。

一足先に笠を脱ぎ捨て、ぎらつく顔をむき出しにしている。浴びせられた闘気に屈さず抜刀できただけでも、凡百の手合いとは違うと見なしていいだろう。

川風の吹き寄せる中、七条の刃が次々抜き連ねられた。

対する男は焦ることなく、後《ご》の先《せん》で鯉口を切る。

次の瞬間、ぶわっと上がるは血の煙。

抜き打ちを皮切りに、重たい刃が続けざまにうなりを上げる。

敵の斬撃を受け流しざまに斬り付け、巻き落とすと同時に突き倒す。

素早く力強く足をさばき、左に右に浴びせる袈裟《けさ》斬りは刀勢十分。

腕利き揃いの武士たちを以てしても、まったく相手にならない。

(これが神道無念流《しんとうむねん》……練兵館《れんぺいかん》の実力かい……)

斎藤弥九郎《さいとうやくろう》、四十四歳。

周助を慄然《りつぜん》とさせた男は江戸でも指折りの神道無念流の剣客にして、今や神田お玉ケ池の北辰一刀流《ほくしんいっとう》・玄武《げんぶ》館と並ぶ名道場——練兵館の道場主。

九段坂下の俎橋《まないたばし》に道場を構える弥九郎は、日野や八王子を含む武州一帯の天領を預かる、韮山代官の江川太郎左衛門英龍とは剣友にして主従の間柄。江戸駐在の配下として密命を受け、江戸近郊はもとより関八州、さらには上方にまで遣わされ、探索御用をこなしてきた。英龍にとっては私《わたくし》の隠密であり、自らお忍びで行動するときの護衛としても頼れる存在だった。

だが、今夜は近くに駕籠《かご》も馬も見当たらない。

弥九郎は英龍の供をしている最中に敵と遭遇したわけではなく、最初から単独で行動し、七人の敵に挑んだのだ。

最後の一人が弥九郎に斬りかかる。

すかさず弥九郎は刀身を傾《かし》げ、敵の袈裟斬りを受け流す。

キーン！　ズンッ！

刀と刀がぶつかり合う金属音が響き渡った刹那、骨まで断ち割る鈍い音。

（終わったな……）

周助がそろそろと上体を起こしていく。

加勢が必要な状況であれば、気配を殺して見物などしていない。

弥九郎は最初から最後まで、七対一でも危なげなど皆無だった。

下手に割って入れば巻き添えを食い、自分も斬られていたかもしれない。

周助は斯様《かよう》に判じ、見守ることに徹したのだ。

弥九郎がこちらに気付いた。

「お見事、お見事。相変わらずの大した腕前だね、斎藤さん」

「何も誇らしいことはない……何事もお奉行のご命令よ」

旧知の周助が歩み寄ってくるのに応じ、弥九郎は淡々と答えた。

刀取る身の誰もが皆、好んで人を斬るわけではない。

武士が戦う理由は、鎌倉の昔から主君のためと決まっている。

弥九郎が七人を倒したのも、英龍から命じられたことだった。

「こやつらは八王子の松本殿を狙いし刺客……一歩たりとも近付けるなとのご下命であった」

「そうだったのかい……」

英龍が韮山代官として密命を下し、悪を懲《こ》らしめただけであれば、たしかに周助が礼を言ったり、腕前を褒める理由など有りはしない。斗機蔵一人のために立ち上がってくれたのではなく、上つ方の都合で事が動いただけの話だからだ。

それでも謝意を告げずにいられなかったのは、周助の人となり故のこと。

「まぁまぁ、ご命令だって何だっていいじゃねぇか。みんなに代わって俺から礼を言わせてもらうよ」

笑顔で告げつつ、腰の包みから取り出したのは竹筒。

「ま、一杯やりねぇ」

「酒か？　そういえば多摩は酒蔵が多き地だったの」

「ははは、こりゃおかしい」
真面目な顔で答えた弥九郎に、周助は笑う。
日頃は冗談ひとつ言わない謹厳実直な士も、時々ウケることも言う。
(呑兵衛《のんべえ》の俺が持ち歩いてると、竹筒にまで酒を詰めてるって思われるんだなぁ……
へっ、少しは控えにゃなるめぇよ)
笑いながらも、周助は己を戒めることを忘れない。
もちろん、弥九郎の勘違いに気を悪くすることもなかった。

暗闘が終わり、多摩川には再び静寂が訪れていた。

「黒幕は一人や二人じゃねぇ？　ほんとかい」

せせらぐ音を遮ったのは、周助が上げた驚きの声。

土手に並んで座り、弥九郎から話を聞いている最中のことだった。

「左様。よほど恨みを買《こ》うておるらしい……」

答える弥九郎の声は、相変わらず淡々としたもの。

周助が寄越した竹筒の水をちびりちびりと口にしながら、松本斗機蔵が各方面から命を狙われている事実を伝えたのだ。

「何とも残念な限りだが、柳営（幕府）にも諸藩にも旧弊に固執し、開明派を悪と断じる御仁《ごじん》は多い。万が一にも松本殿の病が癒え、浦賀奉行所に着任されては一大事。どうあっても亡き者にすべく、刺客を送り込んで参ったのだ」

「刺客って……そんなふざけた奴ら、お代官の力でドシドシしょっ引いちまえばいいじゃねぇか」

「黒幕の上つ方に手が出せぬ限り、捕らえても無駄なことだ。横槍が入れば放免せざるを得ないからの」

「そうなのかい？」

「歯がゆい限りだが、そのとおりぞ。先だって八王子で捕縛されし者どもも早々に解き放たれたそうだ。松本殿を国賊と見なせし、さるお大名の家中の士だったのでな……せっかくの吟味も、半ばで打ち切りよ」

「ひでぇなあ」

「故に、それがしが差し向けられたと思うてもらおうか」

「お代官は昔馴染みを助けるために、お前さんを八王子に送ったたってのかい」

「私事に手を貸すことは控えておったのだがな……お奉行、いや、江川殿ばかりか水戸の藤田からも懇願されたとあっては、さすがに断れまい」

「水戸の藤田って、東湖のことかい」

「左様」

「ずいぶんと大物が出てきたもんだなぁ」

周助は目を丸くした。

弥九郎は去る八月に水戸へ招かれ、藩校の弘道館《こうどうかん》の開校式に名だたる剣客たちとども出席し、演武を披露している。

その折に家中随一の大物国学者にして、藩主の徳川斉昭の側用人《そばようにん》を務める藤田東湖と会い、旧友の斗機蔵を警固してほしいと頼まれたのだ。

命じられたのではなく依頼されたことにせよ、主命でもないのに第三者の意を汲んで人を斬るのは罪深いこと。敢えて弥九郎が引き受けたのは、彼なりの信念があってのことだった。

「明日をも知れぬ病人に刺客を放ち、暗殺の刃を向けるとは外道の極み……そうは思わぬか、近藤殿」

「それじゃお前さん、斗機蔵さんに同情してくれたのかい？」

「情と申さば語弊もあろうが、放っておくには忍びなかった故な」

「かたじけねぇ。改めて礼を言わせてもらうよ」

弥九郎の男気に謝し、周助は深々と頭を下げた。

「そういうことなら、さっきはお前さんに加勢するんだったなぁ」

「それほど苦戦しておるように見えたかな」

「いやいや。志を同じくするんなら力を合わせなくっちゃ、ってことよ」

「されば、近藤殿も八王子へ参るか」

「もちろん最初《はな》からそのつもりさね。松本さんと昔馴染みなのは俺も同じでなぁ……弟子を見舞いに行かせはしたんだが、どうにも気になってな。追い返されるかもしれねぇと思いながら出てきたんだが……」

と、周助はおもむろに口を閉ざす。

「……やれやれ。一難去ってまた一難らしいぜ」

微笑《ほほえ》みながら、弥九郎に告げる口調は力強い。

「今度は俺が引き受けるぜ。お前さん、一足先に行ってくんな」

「かたじけない……死に急ぐでないぞ、近藤殿」

「ありがとよ。お前さんも、な」

言葉少なに笑みを交わし、二人は同時に敵へと向き直る。

ひたひたと迫り来るのは、新手の刺客の一団。

黒幕は水戸藩を敵視する大名か、それとも幕閣の要人か——。

いずれにせよ、斗機蔵を護るためには返り討ちにするのみだ。

「行くぜぇ」

不敵に告げつつ、だっと周助は飛び出した。

一人目が斬ってくるのをかわしざま、喰らわせたのは足払い。

「おらっ！」

続く二人目を抜き打ちに斬り伏せ、その隙に起き上がってきた一人目を返す刃で突き倒す。

日野の河原で再び暗闘が始まった頃、二里先の八王子においても新たな戦いの幕が切って落とされていた。


「敵襲だーっ！」

「周りを固めろ！」

「周りを固めろー！」

松本家は混乱に陥っていた。

夜陰に乗じ、三度目となる襲撃を行ったのは二十人。

軍勢と呼ぶには少ないが、刺客の一団としては多すぎる頭数。

もはや暗殺ではなく、夜討ちであった。

もしも鳥居耀蔵が黒幕ならば、こんな派手な真似はさせまい。

いたずらに刺客の数を集めることなく、三村左近、あるいは弟の右近といった配下の精鋭を単独で差し向け、討ち入るのではなく忍び込ませ、確実に事を為させていただろう。

だが耀蔵は、今さら斗機蔵を襲わせようとは考えてもいない。

かねてより目障りな蘭学者の一人であり、蛮社《ばんしゃ》の獄で水戸藩に介入されたために捕らえ損ね、悔しい思いをさせられたのは事実。

しかし個人として何の恨みも持っておらず、今さら始末したいとは思わない。

まして重い病にかかり、浦賀奉行所への着任がもはや不可能と分かった以上は構うに及ばない。

切れ者だけに、耀蔵は無駄なことをしないのだ。

そんな割り切りをせず、あくまで成敗しようとするのは頑迷さの証《あか》し。

斗機蔵を亡き者にすれば水戸藩はもとより、洋式の鉄砲を新たに導入しようと勢い込んでいる、老中首座の水野忠邦にも動揺を与えることになる――。

斯様に思い込んだ愚かな連中が金を積んで刺客を雇い、まとめて八王子に送り込んだのだ。

これは未曾有《みぞう》の一大事。

千人同心の武勇を象徴する増田蔵六は何を措《お》いても一番乗りし、みんなの先頭に立って戦い、手本を示さなくてはならない局面だった。

しかし、達人も神には非《あら》ざる身。

三度目の、しかも前の二回を大きく上回る規模の襲撃が始まったとき、蔵六は不覚にも、ぐっすり眠り込んでいたのである。

二

頃は丑《うし》三つ。夜の闇は濃い。

いつの間にか常夜灯の火が消えたのにも気付かず、熟睡していた。

このところ蔵六は一刻ほどで目を覚まし、そのまま寝付けず悶々《もんもん》としたまま朝を迎えるのが常《つね》だった。

理由は佐和に寄せて止まない、想いの深さ。

一目会ったときからずっと、彼女に心を奪われていた。

もしも佐和が見た目のみ美しい、高慢で鼻持ちならない女であれば、何の興味も抱かなかったに違いない。外見に騙《だま》されて婿入りし、十年も尻に敷かれてきた半蔵を哀れみこそすれども、妬《ねた》ましくなど思わなかっただろう。

しかし、実際は羨《うらや》ましくて仕方がない。もしも十年前に時を戻せるのなら半蔵を出し抜いて、自分が笠井家に婿入りを志願したいほどだった。

そんな馬鹿げたことを考えたくなるほど、佐和はいい。

半蔵を圧倒してきた気の強さも、蔵六から見れば可愛いもの。

まして才色兼備である上に、勇気も兼ね備えていると分かった佐和が言うことならば、何でも聞いてやりたい。

されど、相手は人妻。しかも弟弟子の嫁御である。

いい歳をして、何を岡惚れしているのか。道理に反することではないか。

そう己に言い聞かせてきたが想いは尽きず、ついには半蔵を叩きのめしてまで佐和と引き離すに至った。

好んで生木を裂きたいわけではない。

釣り合いの取れぬ男女が所帯を持ち、共に暮らすのは我慢の連続。それも限度というものがある。

そんな我慢をしなくていいと助言するのが、罪なこととは思えない。

半蔵は佐和と暮らしていて、堪忍袋の緒は切れぬのか。

そもそも半蔵は恋仲のおきぬと別れ、蔵六の許も離れて江戸に行った、厳しく言えば恩知らず。

本来ならば八王子にあのまま居着き、土地の娘を嫁にして、郷士の誇りの千人同心になってくれれば良かったのだ。

半蔵の祖父である村垣定行がその気になれば、同心株を買い与えることぐらいは雑作もなかったはず。不遇の孫に剣術しか能がなく、頭を使う上に細かい作業ばかりの勘定所勤めが明らかに不向きと分かっていながら、敢えて佐和との縁談を進めたというのはどうかしている。

半蔵は、この機にやり直したほうがいい。

蔵六とて、弟弟子を不幸にしたいわけではないのだ。

気の強すぎる妻に言われっぱなしの半蔵を楽にしてやると同時に、夫の不甲斐《ふがい》なさに疲れているであろう佐和を、年上の貫禄で癒してやりたい。

どこにも恥じることはない。一体、何が悪いというのか。

そう思えたことで悩みを脱し、久々にぐっすり眠っていたのだった。

「……様！　増田様！」

佐和の声が切れ切れに聞こえてくる。

緊迫した叫びであったが、蔵六は彼女が来たことにしか気付いていなかった。

夢うつつのまま、浮かべた笑みは安堵《あんど》の証し。

愛する夫を叩きのめされて怒っていれば、自ら足を運ぶはずがない。

ついに半蔵を見限り、身を任せてくれる気になったのか――。

蔵六の中で勘違いが確信に変わる寸前、佐和の叫びが耳をつんざく。

「敵襲です！　夜討ちにございまするぞ！」

「何っ」

寝ぼけ眼《まなこ》が一気に開いた。

佐和は間髪入れずに畳みかける。

「疾《と》くお支度をなされませ！　早《はよ》う早う！」

耳を澄ませば、聞こえてくるのは剣戟《けんげき》の響きと怒号。

先だって佐和との稽古中に耳にしたときよりも激しく、凄《すさ》まじい。

サッと身を起こし、蔵六は二刀を手許に引き寄せる。

佐和に執心しながらも、刺客に対する警戒は怠っていない。

寝間着を用いず、常着のまま横になった布団の脇に刀を置いているので、暗闇の中でもサッと握れる。最初の襲撃以来、いつでも押っ取り刀で駆け付けるために心がけていることだった。

一方の佐和も帯前の短刀に加えて脇差をたばさみ、戦支度に抜かりはない。

「されば参りましょう、増田様！」

蔵六は促す声は勇ましかった。

頭にあるのは、共に刺客を撃退することのみ。

懸想《けそう》をされているのは苦痛だが、今はそんなことなどどうでもいい。

だが蔵六の答えは、またしても意に反するものだった。

「ここを動いてはならぬぞ、佐和」

「えっ」

「大切なおぬしの身に、万が一のことがあってはならぬ……」

それは蔵六なりの、愛の告白であった。

口調こそ重々しいが、胸を張って告げる姿は若々しい。

千人同心の誇りである斗機蔵を護るのは当然として、佐和を危険に晒《さら》さぬためにも戦うのだと思うことで、気分が高揚しているのだ。

佐和が本当に日頃から半蔵に不満しか抱いていなければ、そんな蔵六の姿を目の当たりにして頼もしく、嬉しく思えたことだろう。

だが、口を衝《つ》いて出たのは醒《さ》めた一言。

「呼び捨てとは失礼ですね」

「何……？」

唖然とする蔵六に、佐和はずばりと言い放つ。

「佐和などと呼ばれるのなら、私も同心風情がと言わせていただきますぞ」

「ぶ、無礼な」

「だってそうでありましょう？　はばかりながらわが家は百五十俵取り。そちらはたった三十俵と四人半扶持《ぶち》ではありませぬか」

「む……」

蔵六は目を白黒させる。

男から同じことを言われたところで、動揺したりはしない。たとえ相手が千石取りの旗本だろうと臆さずに、腕と貫禄で黙らせていただろう。

されど、佐和には通用しない。

蔵六が怒るより先に萎《な》えてしまう言葉を、間髪入れず浴びせかける。

「そも、いつまで心得違いをしているのです？　私がご当家にとどまり居《お》るのは貴方《あなた》様の情にほだされたからには非ず、夫が松本様の御為《おんため》にご警固を続けたいと申すが故、意に沿うておるだけのこと。それを何ですか、鼻の下を長《なご》うして人のことをジロジロジロ……気味が悪うてなりませぬ。いい加減になされませ」

「わ、儂《わし》がいつ、そのような」

「ほほほほ。知らぬは当人ばかりなりとは、よう言うたものですねぇ」

「…………」

蔵六は悪い夢から一度に覚めた思いだった。

佐和の口が悪いのは、感情の乱れを相手にぶつけてしまう、女人にありがちな不安の現れではなかった。

事の成り行きを冷静に、先の先まで読む癖が身に付けば、必要に応じて選んだ言葉を繰り返し、相手を奮起させるのも萎えさせるのも自由自在。役人でも商人でもないのに、佐和はそれができるのだ。

「もうよろしいですね」

「う、うむ」

今や蔵六は彼女にとって、敬意を払うに値しない存在となったらしい。

ひとたび敵と見なせば、おちょくったことしか言わぬのも当たり前。

期待されるが故に厳しく言われる半蔵のほうが、まだマシだろう。

それでも、蔵六は食い下がらずにいられなかった。

「い……何処《いずこ》へ参る」

「決まっておりましょう。夫の助太刀ですよ」

さらりと答えつつ、佐和は脇差の目釘を確かめる。

目視するだけでなく押してみて、万が一にも抜け落ちぬように用心していた。

この脇差は護身のため、蔵六が貸し与えた一振りである。

こんなことになると分かっていれば、渡しはしなかったものを——。

「無茶をいたすなっ」

「おや」

取り上げようと蔵六が伸ばした手を、佐和はサッとかわす。

「よ、寄越さぬかっ」

「まぁ、困りましたねぇ。さんざん稽古を付けておきながら、何が無茶だと申されるのですか。まさか私が憎い故、いざ立ち合《お》うたら何の役にも立たぬことしか教えてくださらなかったとでも？」

「阿呆《あほ》なことを言うな！　儂はただ、おぬしを死なせたくないだけだ！」

「ならばお心のままになされませ」

一喝されても動じることなく、佐和は部屋から出て行った。

蔵六もすかさず続く。

追い越していくのかと思いきや、ぴたりと後に付いていた。

惚れた弱みで護ってやろうというわけではない。

佐和から罵倒《ばとう》されたことにより、蔵六は新たな感情を覚えていた。

愛情が一気に失《う》せ、代わりに猛然と闘志が湧いてきたのだ。

こんな女に負けてはなるまい。

きっと吠え面《づら》を掻かせてやるぞ――。

むろん、か弱い女人を腕ずくで屈服させたところで意味はあるまい。

罵倒された恥を雪《すす》ぎたければ、痛め付けるのではなく逆に助け、腐った評価を逆転すればいいではないか。

千人同心の宝である斗機蔵を護り抜くのが大前提だが、その上で佐和の手本となって半蔵を援護し、自分の教えが役立つことを実感させてやるのだ。

まんまと乗せられた形となった蔵六を伴い、佐和は駆ける。

わざと怒らせて操ったのは、自分自身のためではない。

また、本気で侮《あなど》ってなどいなかった。

蔵六が抜きん出た腕前なのは、証明してもらうまでもなく承知の上。

半蔵が世話になった兄弟子というだけでなく、一門を率いるにふさわしい力と貫禄を兼ね備えた、ひとかどの人物と認めていた。

だからといって、道ならぬ想いを受け入れるわけにはいかなかった。

しかし、このままでは夫婦仲ばかりか、兄弟弟子の縁まで切れてしまう。

嫉妬《しっと》は人をおかしくする。男同士の場合はとりわけ厄介だ。

日中に半蔵と立ち合い、打ちのめしたときの蔵六はどうかしていた。あの調子では半蔵が苦戦していても助けるどころか、見殺しにしかねない。

そこで佐和は考えた。最悪の事態を防ぐには、自分が悪役になればいい。

とんでもない女と思われたところで構うまい。

佐和の頭にあるのは、愛する夫を助けることのみ。

激しい戦いの場から半蔵を生還させるには、蔵六に持てる力を余さず発揮してもらわねばなるまい。

虫の良いことと思われてもいい。お人好しの夫を死なせたくはなかった。

そんな佐和の思惑に、いつまでも気付かぬ蔵六ではない。

(まこと、世の中は広いのう……)

佐和と共に夜道を駆けながら、蔵六はそう実感する。

この女、大物であった。

人を動かす上で必要なのは、建て前の裏に隠した本音を引き出させること。それをやすやすとやってのけ、今や蔵六を従えている。

五十余年を生きてきて、こんなことは初めてだった。

(左様……初めから女人と思うてはならなかったのだ)

言葉の応酬の中で、蔵六は気付いていた。

そもそも佐和を女と見なし、執着したために話がややこしくなったのである。

才色兼備の美女の中身は、外見と真逆の男そのもの。

それも諸人の上に立つ大器であり、容易には御し得ぬ存在。

何しろ、亡き家斉公も首を縦に振らせることができなかったのだ。

そんな天性の気高さを持つ佐和も、半蔵のためならば懸命に動く。

夫婦だからというだけで、ここまで尽くすまい。

やはり佐和は半蔵に惚れているのだ。

未熟でも前に進む努力を惜しまぬ愚直さに、上つ方の思惑には左右されない芯の強さに、惹《ひ》かれて止《や》まずにいるのだ。

（半蔵め、実は大した奴であったのだな……）

今や、蔵六は嫉妬などしていない。

弟弟子の真価を認め、佐和との仲を修復してやりたいと心から思っていた。

しかし、気持ちは想うばかりでは伝わらない。

会って話をしてみなくては何事も始まらないが、理不尽な扱いをされた相手は素直に耳を傾けてくれぬものである。

半蔵も例外ではない。

蔵六に叩きのめされ、佐和と引き離されて、すっかり意固地になっていた。

その怒りを刺客どもにぶつけまくり、思い切り奮戦したい。

しかし、今はそうすることもままならない。味方が頼りにならぬため、攻めるよりも護りの戦《いくさ》を余儀なくされていたからだった。

松本家の屋敷に攻め入った一団は、標的の斗機蔵を求めて突き進む。

警固の面々は続々と脱落中。

「うわっ」

「ひっ！」

勇を奮って立ち向かっても刃を浴びせられ、傷を負って倒れるばかり。致命傷には至らずとも、立ち上がる力がない。

「ううっ……」

「お、おのれ……」

悔しげにうめく面々をよそに、刺客どもは先を急ぐ。

だが、辿《たど》り着けたのは病室の前までだった。

半蔵の刃引きがうなりを上げる。

重たい一撃を浴びせられ、刺客が吹っ飛ぶ。

悶絶した敵を見下ろす、半蔵の表情は暗い。

先程から、ずっと同じ戦いばかりを繰り返している。

警固仲間が誰一人として、水際で食い止めることができていないのだ。

玄関先、あるいは廊下で仲間たちが奮戦してくれれば、刺客どもは余力十分に奥まで辿り着けるはずがない。
結局、半蔵は一人で戦っているようなもの。
なぜ、ことごとく役に立たぬのか。
こんなことなら、仲間などいなくていいではないか。
(疲れるな……)
半蔵は萎えるばかり。
気力だけではなく、体力も消耗しつつある。
そこを敵は見逃さなかった。
打ち込みをサッとかわし、近間に踏み入る。
「む!」
半蔵が焦りの声を上げる。
敵が足払いを見舞ってきたのだ。
空振りし、上体が揺らいだ瞬間を狙った蹴撃《しゅうげき》だった。
「くっ……」
転倒しながらも、半蔵は屈さない。
とっさに刃引きを握り直し、横一文字に振り抜く。

病室に突入する寸前に足下を払われ、ドッと刺客は倒れ込む。

弾みで障子も倒された。

「きゃっ！」

おきぬが悲鳴を上げる。

斗機蔵に付き添い、家中の女で一人だけ居残ったのだ。

逃げ出さずに頑張っているのは感心だが、半蔵を気遣ったり、励ますことまではできていない。

悲鳴に続いて口にしたのも、とげとげしい言葉だった。

「なにやってんの！　しっかりしてよ、半蔵さん！」

「やかましいわ、黙り居《お》れ！」

苛立《いらだ》ちまぎれに半蔵は怒鳴り返す。

気が萎えるのも無理はない。

どんな苦境も、頼りになる仲間と一緒であれば耐えられる。

しかし、今は孤立無援で奮戦するばかり。

警固仲間は役に立たず、おきぬもわが身の安全しか考えていない。

今一つの苛立つ原因は、蔵六がまったく姿を見せぬこと。

剣戟の響きと怒号は先日と同様、間違いなく聞こえているはず。いつもであれば押っ取り刀で駆け付けるはずなのに、なぜ今夜に限って現れぬのか。

佐和を巡って争い、木刀を交えるまでに至った日中の出来事を根に持ち、わざと見殺しにする気なのか。

このままでは一人きり、延々と戦い続けるしかない。

倒した数は、まだ八人。

これで終わってくれればいいのだが、まだ襲撃が続くのか、どのぐらい頭数が残っているのか、見当も付かない。

しつこい敵襲も、しばし絶えた。

いつでも応戦できるように、半蔵は敷居際で見張りに立つ。刃引きは抜き身のまま肩に担いでいた。

怒鳴られてから、おきぬはぶすっと黙り込んでいる。

余りの腹立たしさに、愛情も醒める想いの半蔵だった。

「すまぬのう、半蔵……」

代わりに斗機蔵が苦しい息の下からねぎらってくれても、気は晴れない。

恩人の斗機蔵に対してさえ、疑心暗鬼になっていたのだ。

もちろん、昔馴染みのことは信じたい。

だが、これほどまでに襲撃が繰り返されると、そこまで人の恨みを買っていたのかと疑わざるを得なかった。

斗機蔵は、本当に悪いことをしていないのか。

この人を護って、自分が戦う意味はあるのだろうか――？

そんな愚かな疑問を抱きたくなるほど、半蔵の気は萎えるばかり。

そこに新手が攻め入ってきた。

頭数は三人。倒れたままの障子を踏み越え、斗機蔵を目がけて迫り来る。

どの者も、手傷ひとつ負っていない。ここまで素通りさせるとは、他の連中は何をしていたのか。おびえて隠れていたのではないか。

「ふざけるな！　どいつもこいつも役立たずが！」

たまらずに半蔵は叫び声を上げた。

苛立ちの赴くままに、刺客どもに向かっていく。

「弟子が弟子なら師匠も師匠だ！　いざというときに戦えぬ者どもに、武芸などやらせるな！」

三人の刺客にしてみれば、半蔵の感情の乱れは好都合。

怒って余裕を失うほど、体のさばきは制御しきれずにおかしくなる。その隙を突いて追い込み、倒せばいい。

「う……ぬっ」

迫る三人を、半蔵は懸命に迎え撃つ。

斬ってくるのを受け止め、受け流す。

立て続けに剣戟の響きが上がる中、おきぬは恐怖を覚えていた。

半蔵は落ち着きを失った上に、今にもやられそうになっている。

このまま部屋にいても護ってもらえるどころか、巻き添えを食いかねない。

続く行動は素早かった。

「逃げましょう、先生！」

「な、何とする気だ」

「いいから、じっとして」

戸惑う斗機蔵を抱え上げ、縁側へ走り出る。

火事場の馬鹿力を発揮し、駆ける足は速い。

刺客どもからまんまと逃れ、おきぬは廊下を駆け抜けた。

驚いたのは、他の護衛たち。

「何としたのだ、おきぬ？」

「半蔵殿はどうしたのだ？」

「みんな、早いとこ逃げるんだよ！」

口々に問いかけるのを遮り、おきぬは言い放つ。

「半蔵さんはあんたらのことを役立たずって言ってるよ！　もういいから、早く行こうよ！　ねぇ！」

女の変わり身は早いもの。

他の護衛たちを促すべく、おきぬは叫ぶ。

「みんな早く表に出るんだ！　門も閉めちまうんだよ！　後は半蔵さんが何とかしてくれるよー！」

刺客どもと一緒に、まとめて閉じ込めてしまうつもりなのだ。

仲間を役立たず呼ばわりするのであれば、せいぜい一人で頑張ってほしい。

後はどうなろうと、知ったことではない――。

迂闊《うかつ》な発言を逆手に取られ、そこまでやられるとは半蔵は気付きもしない。

続けざまに刃引きを振るい、三人の刺客と渡り合うので精一杯だった。

三

佐和は眦《まなじり》を決し、深夜の道を駆け抜ける。近いだけにもうすぐだ。

共に駆ける蔵六の顔に、すでに怒りの色は無い。

戦いの場において心を乱すのは命取り。そう思い、心気《しんき》を鎮《しず》めていた。

動きが乱れ、隙を突かれてしまっては元も子もあるまい。

佐和にやり込められた悔しさも、これほどの嫁御から十年も捨てられず、実は一番の勝者であった半蔵に対する敗北感も、今はすべて忘れるべし。

近付くにつれて、剣戟の響きが大きくなってきた。

耳をつんざく金属音に、思わず佐和は足をすくませる。

「何をしておる？　早う行かぬか」

引き留めるのかと思いきや、蔵六はぐんと背中を押す。

「人をさんざん焚《た》き付けておいて、その様《ざま》は何だ。今さら弱音など吐かせぬぞ」

佐和をいたぶろうというのではない。

自分の言葉に責任を持て。余計な感情を交えずに、そう言っているのだ。

「……参ります」

意を決し、佐和は再び走り出す。

屋敷の周囲は、駆け付けた千人同心隊によって固められていた。

照明として篝火《かがりび》が焚かれ、負傷者が仮設の救護所で手当てを受けている。

「あ、あれは……」

騒然とした現場に入ったとたん、佐和はわが目を疑った。

屋敷の門がぴたりと閉じられ、入ることも出ることもできない。

「これは何としたことじゃ……」

蔵六も啞然とする。

「おい！　半蔵は何をしておるのかっ！」

怒鳴りつけた相手は、門前をうろうろしていた若い同心。

「そ、その半蔵殿がお下知《げち》にて……」

若い同心が、当惑した様子で蔵六に答える。斗機蔵の警固を任されていた者の一人のはずだが、なぜ表にいるのか。訳が分からぬことだった。

「おかしいではないか。なぜ仲間を追い出した？」

「我らこそ困りました。頭数ばかり揃うておっても役に立たぬと……」

「そんなことを半蔵が言うたのか？」

「はい。おきぬが申しておりました」

「して、斗機蔵はどうしたっ」

「無事にお連れいたしました。おきぬが付き添うておりまする」

「左様か……」

とりあえず安堵しつつも、蔵六は怒り心頭。

刺客どもを屋敷内に封じ込め、単独で渡り合おうとは何事か。

蔵六の配下や門人衆を役立たずと見なし、使えぬからと現場から締め出すのも失礼すぎる。

もっとも、一人で戦わざるを得なくなったのは分からぬでもない。

斗機蔵の警固を任せた面々は、ほとんど真剣勝負の経験が無い。本身の扱いにさえ慣れていないため、大挙して送り込んでも勢い余って自分の手や足を斬ってしまうのがオチだったはず。

事実、手当てを受けているのは、その手の怪我人がほとんどだった。

この体《てい》たらくでは、刺客たちが手こずるはずもない。斬り倒すまでもなく自傷を誘えばいいのだから、余力十分で奥まで突入できるのも当たり前だ。

半蔵の身勝手さに怒りながらも、蔵六はそこまで察しを付けた。

他の護衛たちが役に立たぬことに業《ごう》を煮やし、囮《おとり》を買って出たのはいい。

しかし、半蔵は肝心なことを忘れている。

斗機蔵は自力で動けぬ体。

敵を一手に引き受けるにせよ、まずは確実に脱出させるべきだ。女のおきぬに任せきりにするとは何事か。こればかりは大目に見られない。

ともあれ、今は斗機蔵の安否が気にかかる。

唖然としている佐和を取り残し、蔵六は探しに走った。

「松本！　斗機蔵は居らぬか！」

「私ならば、ここだぞ……」

どんなにか細くても、友の声を聞き逃しはしない。

「おお、無事であったか！」

蔵六は安堵の声を上げる。

おきぬは斗機蔵に寄り添い、夜風を防いでやっていた。

「無事で何よりだったのう」

「聞いてくださいよ先生、あたしたちは半蔵さんに追い出されたんですよう」

ふくれっ面《つら》で、おきぬは答える。

「邪魔だからみんな出て行けって、ほんとにひどい物言いでした。ほんと、半蔵さんにはがっかりしましたよう」

「これ……そこまで悪《あ》し様《ざま》に言うてはおらぬだろう……」

かばう斗機蔵の声が空しく響く。

悲しい哉《かな》、おきぬはもとより蔵六も聞いていなかった。

頭から悪いと決め付ければ、弁護の言葉など右から左。おきぬに騙され、蔵六は半蔵に対する怒りを募らせるばかりであった。

「聞けば聞くほど許せぬのう……あやつ、何を考えておるのだ?」

「さぁ、見当も付かねぇです」

そんな蔵六とおきぬをよそに、佐和は無言で立ち尽くしていた。

屋敷内は不気味に静まり返っている。

剣戟の響きも気合いも、先程から止んだまま。

半蔵はまだ戦えているのか。

それ以前に、一人で生き延びているのだろうか——。

半蔵が十一人目の刺客を倒したのは、佐和と蔵六が屋敷の前に到着する間際のことだった。

「エイ！」

「ヤッ！」

気合いと剣戟の響きが交錯する。

「むんっ」

斬れぬ刀身が、ずんと袈裟がけに打ち込まれる。

激しく渡り合った末、ほとんど同時に斬り付けてきた敵に対し、負けじと振り抜いた一撃であった。

「ぐわっ……」

僅差《きんさ》の勝負を制しても、まだ戦いは終わらない。

「これで十一……か」

残る敵の頭数は九人。

真剣勝負に不慣れな同心たちと門人衆をまったく寄せ付けず、半蔵の腕を以てしても容易には倒せぬ者ばかり。それでも懸命に刃引きを振るい、一人ずつ叩き伏せてきたものの、もはや体力は限界に近い。

対する刺客の面々は、袋の鼠《ねずみ》にされても浮き足立ってはいなかった。

若者から中高年まで、いずれも浪人だった。

頼まれて人を斬ることを生業《なりわい》とし、それぞれに年季を積んできて、凄《すご》みと余裕が備わっている。

されど、どんなに腕利きであっても仕損じることはある。

失敗したときは、何を措いても落ち延びるのが玄人《くろうと》の刺客。

標的を逃がした以上、踏みとどまって戦う意味はない。

銭金で雇われたのではなく、しかるべき理由の下に主君から命じられた暗殺であれば、討ち死にすることにも意味はある。たとえ自分が死んでも残った家族の暮らしが一生涯、保障されるからだ。

しかし当節の武士は戦国大名と家臣ほど、固い絆で結ばれていない。

そもそも刺客たちは主《しゅう》持ちの暮らしに嫌気が差し、あるいは勤めをしくじって立場を捨て、家族を捨てて無頼となった身。忠義や義理では動かず、可愛いのはわが身のみなのだ。

そんな九人の刺客たちは、半蔵を倒した上で脱出するつもりだった。

満足に刀も扱えぬ連中ならば、放っておいても構うまい。こちらが逃げ出すと分かれば邪魔をせず、わが身可愛さでわざわざ追っては来ないからだ。

だが、半蔵は違う。

まとめて返り討ちにしようと、なぜか意地になっている。

小賢《こざか》しいものだが、甘く見れば怪我をする。最初から斬れない刃引きを用いることで、腕に覚えの技を思い切り振るうことができているからだ。

六尺近い長身で腕も足も長く、膂力《りょりょく》も強い。

正面切って一対一で戦えば、打ち勝つのは至難。

ならば夜陰に乗じて追い込み、仕留めればいい――。

半蔵は迂闊だった。おきぬが斗機蔵を連れ出したことに気付かぬまま、一人きりで戦い続けたのが裏目に出て、自分が標的にされてしまったのだ。

相手はただの浪人ではない。人を斬り慣れた、それも暗殺を生業とする刺客の集まりなのだ。

ふだんは単独で行動していても事を為すときは連携し、手強《てごわ》い相手を騙し討ちにしたり、二人がかり、三人がかりで倒すことにも慣れている。

本格の剣術を会得していながら武士道など意に介さず、汚い手を平気で使える連中は手強い。

そんな刺客たちの殺しの網が、いよいよ半蔵の身に及ばんとしていた。

千人同心と門人衆を、何人かでも残しておけば良かったのだ。

真剣勝負に不慣れであっても集団で敵を威嚇《いかく》し、半蔵が刃引きで打ち倒すのに協力するぐらいのことはできる。

そうやって拙《つたな》いながらも協力し合い、率先して手本を示しつつ、若い連中と共に戦うべきだったのに半蔵は我慢が足りなかった。

未熟な仲間が幾人いたところで、役には立たない。

思い上がった考えの下、味方を切り捨ててしまったのである。

腹を立てた蔵六は救出に乗り込む気も失せ、佐和は隙を見てひとりで門内に駆け込もうとしたものの、千人同心たちに足止めされている。

「お前さま！　お前さまー！」

幾ら声を張り上げても返事は無い。

そうこうしているうちに、蔵六は思わぬ行動に出た。

「皆の者、引き上げよ」

「ははっ」

下知を受けた平同心たちは、すかさず撤収し始める。

篝火が消され、救護所も片付けられる。

怪我の手当てを終えた門人衆も、三々五々引き上げていく。

「しっかりせい、傷は浅いぞ」

「うむ、かたじけない……」

肩を支え合って立ち去る最中、誰一人として振り返らなかった。

役立たずと見なされ、締め出されたのを根に持っていたわけではない。

自分たちが真剣勝負に不慣れであり、足手まといになったのは事実。そのことを四の五の言えば、かえって己の恥となる。

蔵六から言われるままに撤収したのは、半蔵が正式な兄弟子ではないからだ。

すべては少年の頃に半蔵を預かった、亡き二代宗家の近藤三助方昌の判断から始まったことだった。

三助は祖父の村垣定行に連れられて八王子に来た半蔵と会い、剣の才能があると見込んだ上で、基本だけは自分が手ほどきするので、成長して江戸に戻ったら名のある流派に改めて入門し、修行を積むようにと勧めた。

田舎剣術と揶揄《やゆ》される天然理心流の門下に加わるのは、旗本の子にとって良いこととは言い難い。そこで将来のために経歴を残さず、敢えて門外漢の立場にとどめてやろうと三助は考えたのだ。

結果として半蔵は江戸に戻ってからも他流派に鞍替えすることなく、天然理心流の修行のみを続けてきた。

しかし、あくまでも客分にすぎない。

江戸の試衛館と八王子の増田道場、いずれにおいても正式な門人ではないため自由な反面、こういうときには切り捨てられる。

こんなことなら遺訓はどうあれ、蔵六もしくは周助の門下に加わっていたほうが良かったのだ。

収まらないのは佐和である。

「お待ちくだされ、増田様っ」

「斯《か》くなる上は是非もなかろう……」

腕を振り払う蔵六は、一気に目が覚めた思いだった。

賢明な佐和に対して、半蔵は未熟すぎる。

逆に言えば、そんな男を佐和は十年も手許に置いてきたのだ。

未熟な夫を盛り上げてこそ真の良妻。

半蔵を出世させられなかった佐和は、実は愚妻ではないのか。

そう思えば、蔵六が意地を見せる必要など有るまい。
危うく利用されるところであった。
今後は如何《いか》に煽《あお》っても無駄なこと。
どうとでも、好きに言ってくれればいい。
「御免」
一言告げて、蔵六は踵《きびす》を返す。
佐和を足止めしていた同心たちも、後に続く。
「そんな……」
取り残された佐和は絶句する。
今や半蔵は孤立無援。
斯くなる上は、自分だけでも乗り込むしかあるまい。
青ざめた顔で、じりっと前に進み出る。
その姿を、物陰から一人の男が見詰めていた。
最初に斗機蔵を襲い、半蔵に撃退された五十絡みの巨漢である。
大きな体をしていながら、男は気配を完璧に殺すことができていた。
注視されていることに、佐和はまったく気付いていない。半蔵を助けるどころか人質にされ、足手まといになろうとは思いもよらずにいた。

四

半蔵が屋敷内の異変に気付いたのは、十一人目を倒した後。
喉の渇きに耐えかねて、台所へ水を飲みに向かったときのことである。
(妙だな……)
先ほどまでとは空気が違う。廊下は静まり返り、足音ひとつ聞こえない。
渇いた喉が、ごくりと鳴る。
と、奇襲は間髪入れずに始まった。
「！」
障子を突き破って白刃が迫る。
避けたところに斬り付けてきたのは、廊下の角から飛び出した伏兵。
縁の下にも刺客は潜んでいた。
板の隙間から連続して突き上げてくるのを、半蔵は跳躍してかわす。
降り立ったのは庭石の上。

大きな岩ではない。すいかをいびつにしたような、ひと抱えほどの石である。大の大人が上に立つには明らかに小さく、わずかでも気を抜けば、すぐ滑り落ちてしまいそうだった。

にも拘《かか》わらず、半蔵はすっくと立って微動だにしない。

少年の頃から身に付いた、忍びの術の為せる業だった。

「むむっ!?」

「こやつ、もしや忍びか」

必殺を期した突きをかわされ、鮮やかに着地をされて、縁の下に潜んだ二人が動揺の声を上げる。

敵もまさか半蔵が御庭番あがりの祖父に鍛えられ、忍術を心得ているとは思いも寄らない。

いつもであれば持ち前の技を駆使し、敵の不意を突いて一人ずつ冷静に倒していくことができただろう。

だが、今の半蔵は萎えている。

心の衰えは体の動きを鈍らせ、反応も遅くなる。

とっさの大跳躍に度肝を抜かれた刺客どもも、半蔵が弱っていることに早々に気付いた。

その証拠に、足下がぐらつき始めている。

次の石に跳び移る隙を与えず、刺客の一人が脇差を抜く。

重ねが厚く、寸の詰まった、飛剣《ひけん》として投じるのに適した一振りだ。

ヒュッ。

「む！」

狙い澄ました一投を、半蔵は辛うじて刃引きで打ち払う。

同時に足を滑らせて、どっと転がり落ちる。

「うう……」

弱々しくうめき声を上げ、半蔵は失神した。

頭を打ち付けたのは、重ね重ねのらしからぬ不覚。

すかさず刺客どもが殺到する。

しかし、引導を渡すまでには至らない。脇差を拾い上げた刺客が突き殺さんとした刹那、背後から重々しい声が聞こえてきたのだ。

「待て……」

声の主は、あの巨漢。

門前で当て身を喰らわせて捕まえた佐和を小脇に抱え、のっしのっしと一同に歩み寄ってくる。

「こやつらを夫婦揃えて人質にせい。松本を呼び出すためにの」

「馬鹿な……そんなことができると思うておるのか、貴公？」

刺客の一人が苦笑する。

脇差を投げて半蔵を転ばせた、小柄で俊敏そうな男である。

庄司《しょうじ》一平《いっぺい》、四十歳。

浪人ばかりから成る、この刺客団の頭だ。

「なぁ瀬上《せがみうじ》氏、こやつは松本の弟子とは言うても、幼き頃に読み書きを教わっただけなのだろう？　そんな他人も同然の間柄で、わざわざ殺されに出てくるものかな？まず有り得ぬぞ、はははは……」

と、一平の皮肉な笑みが凍り付く。

巨漢がじろりと見返したのだ。

「す、すまぬ」

詫びると同時に、一平は巨漢に歩み寄る。

大人と子どもほども身の丈が違っていれば、自ずと見上げる格好になる。

人斬りを生業とする刺客にも、逆らえぬ相手がいる。

一番は、金を出してくれる雇い主。

二番目に手に負えぬのは自分より格上で、腕の立つ者。

巨漢は、二つの条件を兼ね備えた手合いであった。

しかも、かつて同じ藩で禄を食《は》んでいた先輩後輩でもある。

それでも一味の頭目として、苦言を呈さぬわけにはいかない。

「物は考えようと申すではないか、瀬上氏?」

一平は今度は慎重に語りかけた。

「あの男の命は幾日も保《も》つまい。どうしても首を取りたいと申すなら、葬られし後に墓を暴けばよかろう。なぁ、そうせぬか」

手間がかかりすぎるので、勘弁してほしい。そう言いたいのだ。

しかし、巨漢は聞く耳を持たない。

「ならぬ。死に首など取ったところで、何の意味があるものか。おぬしも武士の端くれならば、そのぐらいは承知のはずだが」

「ちっ、頑固なことだ……」

舌打ちしながらも、一平は食い下がれない。

配下の浪人衆も口を閉ざし、誰一人文句を言わずにいた。

百戦錬磨の男たちに有無を言わさぬ巨漢の名は瀬上久作《きゅうさく》、五十二歳。

今は浪々の身だが、つい先頃まで三河国の田原《たはら》藩で禄を食んでいた。

久作のあるじは蛮社の獄で罪に問われ、蟄居《ちっきょ》にされて久しい渡辺崋山。久作は前任の者から護衛の任を引き継ぐ一方、崋山が親交のある蘭学者たちとやり取りをするときの、連絡役も仰せつかっていたものである。

当時やり取りした蘭学者は高野長英を筆頭に、ほとんど全員罪に問われた。

しかも縁者や奉公人まで連座して小伝馬町の牢屋敷に送られ、蘭学者の従者というだけで厳しく取り調べられ、獄死した者も少なくなかった。藩から追われるだけで済んだ久作は、まだ幸いだったのだ。

しかし、自分さえ命拾いすれば良いというわけではない。

久作は敬愛するあるじに成り代わり、復讐がしたかった。

一番の悪は目付の鳥居耀蔵とその配下だが、さすがに討つのは難しい。

確実に討ち取るためには入念に準備を重ね、こちらも命を捨てて挑まなければならないだろう。

だが、残された時は少ない。

このところ、崋山は調子が悪い。

周囲も気を付けているが、いつ何時《なんどき》、自ら死を選ぶか分からぬらしい。何とか会って慰めたいが、藩領に出入りを許されぬのが歯がゆい。

哀れな崋山を慰めるために、誰か罪深き者を血祭りに上げたい。

日の本の将来のため、崋山は死んではいけない有為《うい》の人。

久作から見れば、斗機蔵など吹けば飛ぶような存在。

にも拘わらず、蛮社の獄を逃れるとは何事か。

庇護《ひご》した水戸藩も、どうかしているとしか思えない。

さまざまな怒りを胸に、久作は八王子にやって来た。

最初は自ら斬り込んだものの半蔵に阻まれ、昔馴染みの一平が束ねる刺客団に事を頼んだのだ。

ちなみに二度目の襲撃に及んだのは、彼らの与《あずか》り知らぬ連中。やはり斗機蔵の死を望む者が頼んだ、刺客だったという。

それだけ恨みを買っているのだから、始末するのに後ろめたさはない。

問題は、いかにして討ち取るかである。

半蔵を人質に使えると確信したのは、久作が二人の行動をずっと監視し続けていたからこそ。

斗機蔵は半蔵に対し、格別の情を寄せている。

弟子たちと違って俊才ではない、平たく言えば頭が悪い半蔵を可愛がり、日々警固をしてもらうことで安心していた。

半蔵を人質に取ったと伝えても、周囲の面々は一笑に付すのがオチ。

同様に呆《あき》れて笑った刺客団と同じく、身柄を交換するに値するとは、誰一人として考えまい。

だが、当の斗機蔵は黙っていないだろう。半蔵ばかりか美しい妻までもがさらわれたと知れば十中八九、進んで身を投げ出すはずだ。

「本当に通用すると思うのか、瀬上氏」

「くどい。武士に二言はないはずぞ」

一平をやり込めた久作は、半蔵の傍らにしゃがむ。

刃引きと脇差を奪い取り、それぞれの鞘から下緒《さげお》を抜く。

二本の下緒で両手両足を縛られてしまっては、目を覚ましても動けまい。佐和のほうは失神させて早々に扱《しご》き帯を奪い、縛っておいたので心配ない。

後は斗機蔵をおびき出すのみだった。

五

それから数刻。

すでに陽は高く、八王子宿は今日もにぎわっていた。

宿場町の煮売屋では、お駒と梅吉が二人仲良く食事中。

「今日は休むしかありやせんねぇ、姐《あね》さん」

「仕方ないだろ。夜も明けちまったんだからさ」

愚痴《ぐち》る梅吉に苦笑を返しつつ、お駒は煮物を口に運ぶ。

くつろぎながらも、共に油断はしていない。

今日は九月十一日。陽暦ならば十月半ばを過ぎ、秋もたけなわ。

早朝から始まった織物市が終わり、買い手も売り手もホッと一息。

そんな平穏そのものの風景の中に、なぜか緊迫した空気が漂っている。二人が食事をしに入った煮売屋でも、役人の手先と思《おぼ》しき小者が目を光らせていた。

異変を感じたのは夜明け前、到着して早々のことだった。

浪岡晋助から聞いた、佐和が軟禁されているという屋敷——増田家へ直行するつもりだったが、役人が動き回っていては迂闊な真似もできかねる。そこで朝市の客になりすまし、頃合いを見計らっていたのだ。

「麦飯なんて久しぶりだね、梅」

「へへっ、歯ごたえがあっていいですねぇ」

食欲も旺盛な二人の装いは、ありふれた木綿の着物。

黒装束を裏返して袖を通し、帯を締め直せば堅気の町人そのもの。誰からも怪しまれることはない。

「うん……美味《うめ》ぇや」

「おつけもなかなかだよ。たまにゃ山菜汁ってのもいいもんだねぇ」

顎《あご》の動きも活発に飯を嚙み、味噌汁を啜《すす》る。

食事の締めに漬け物を一切れ、ぽんと口に放り込む。

「ごちそうさん」

勘定を済ませ、梅吉は先に立って歩き出す。

続くお駒は髪を搔き上げる振りをして、さりげなく後方の様子をうかがう。

煮売屋を見張っていた小者はどこかに行ってしまったが、代わりに姿を見せたのは意外な人物。

「近藤先生……」

「ほんとですかい、姐さん!?」

八王子の増田道場一門とは折り合いが悪く、立ち寄ることはないと言っていた周助が、なぜ来ているのか。

訳が分からないが、知らぬ顔もできかねる。

よろめき歩く周助は全身ぼろぼろ。川で洗って落としたらしいが、よく見れば着衣は返り血だらけ。役人の目に付けば、即座に連れて行かれてしまうはず。

「お、お前さん方……一体《いってえ》どうしたってんだい……?」

「そいつぁこっちが訊《き》きたいこってさ。まずはこちらへお出《い》でなさい」

梅吉は肩を貸し、周助を引っ張っていく。

一方のお駒は手近の旅籠に駆け込み、部屋を取る。

佐和を助け出すつもりが『笹のや』の常連の周助に、しかも大勢を相手に斬り合った後と思しき有り様で出会うとは、何とも不思議な成り行きだった。

「ううん、困りやしたねぇ……」

風呂にも入らず眠りに落ちた周助を前にして、梅吉は苦り切る。

「しょうがないだろ。いつも店に来てもらってるんだし……」

やんわり取りなしつつ、お駒は胴巻きを探った。

「あたしが付き添うから、これで着替えを買ってきて差し上げな」

「承知しやした」

買い物代に一分金を受け取ると、梅吉は立ち上がる。

「それにしても、なんで先生は斬り合いなんぞを……」

「剣術遣いにゃいろいろあるんだろうよ。さ、早いとこ行っといで」

まさか周助も行く先が同じとは、まだ知る由もない二人であった。


瀬上久作と刺客団は朝市の支度で賑わう商人たちに紛れて逃走し、半蔵と佐和は連れ去られた後だった。

お駒と梅吉は知らないことだが、久作は松本家に置き手紙を残していた。

指定された取り引き場所は高尾山。

殺生禁断の薬王院《やくおういん》を擁する霊山を選んだ以上、人質は傷付けずに返す。代わりに自分たちと同行し、しかるべき裁きを受けていただく――。

突き付けられた条件を、増田家で休んでいた斗機蔵は迷わず受け入れた。

すぐさま向かうと主張して聞かず、止めるおきぬを突き飛ばし、蔵六の制止も振り切った斗機蔵はよろめく足を踏み締め、甲州街道にまろび出た。

もしも斎藤弥九郎に出会わなければ、早々に力尽きていただろう。

「お久しゅうござるな、松本殿」

「き……貴公は……」

「お忘れにござるか。江川太郎左衛門英龍に仕えし、斎藤にござる」

埃《ほこり》立つ路上に膝を突いていたのを助け起こし、弥九郎は謹厳に告げる。

「おお……久しいのう……」

斗機蔵はぎこちなく微笑んだ。

幾らも行かぬうちに疲れ切り、挨拶《あいさつ》するのが精一杯。歩き続けるどころか立つ力も残っていない。

「そのまま、そのまま」

弥九郎は斗機蔵を抱き上げた。

表情こそ相変わらず厳《いか》めしいが、手付きは優しい。

斗機蔵の話を聞き、行き先を告げられても態度は変わらない。

増田家に取って返すこともせず、確認したのは一つだけ。

「人質にされし笠井半蔵に、お命を差し出されるほどの義理がお有りか」

「左様……。強いて申さば、憧れがござった」

「親子ほども歳の離れし者に……それは興味深うござるな」

「拙者は若年の頃より病弱にして、増田の如く壮健の士を羨ましゅう思っており申した……増田も気を遣《つこ》うてくれて、ずいぶんと稽古も勧められたものの肝心の体が付いていかず、無理をいたさば周りから失笑を買うばかり……そんな拙者を半蔵は折に触れて訪ね参り、武芸の上達ぶりを無邪気に語ってくれ申した……」

思い出話に耽《ふけ》る、斗機蔵の表情は何とも楽しげ。

先程までと違って、息も続くようになっている。

「半蔵は学問こそ不得手にござるが、武芸への精進ぶりは誠に目を見張るものがござった……日を追い、年を重ね、身の丈が高うなるにつれて腕も上がっていく様が、我がことの如く嬉しゅうて……」

「よき話にござった。ご存念はしかと承った故、どうぞお楽になされよ」

「かたじけない」

斗機蔵は目を閉じる。

程なく、すぅすぅと寝息が聞こえてくる。

一睡もしていないのは弥九郎も同じだが、足の運びは変わることなく力強い。

頭上には色づき始めた紅葉《もみじ》。足下には菊。

降り注ぐ木漏《こも》れ日が、徹夜明けの目にまぶしい。

薬王院に着いたら斗機蔵を休ませ、弥九郎もしばし仮眠を取るつもり。

瀬上久作との取り引きは、日が暮れてからのこと。

たとえ結末がどうなろうと、斗機蔵の気が済むようにさせてやる所存の弥九郎であった。

六

高尾の山が夕日に染まる。

「大事ござらぬか、松本殿」

「お手数をおかけいたす……半蔵と嫁御のこと、よしなに頼みますぞ」

「承知」

そう言って弥九郎が斗機蔵を再び抱き上げたのと同じ頃、千人町の増田家では蔵六が決断を迫られていた。

千人同心の総意は、すでに出ている。

松本斗機蔵は仲間内で随一の名士。断じて晩節を汚させてはなるまい。まして賊の一味との取り引きに応じ、人質と引き替えに首を取られるとは言語道断。

何としても取り引きを阻み、斗機蔵の身柄のみを取り戻すべし――。

半蔵と佐和の生死については、まったく問題にされていない。

斗機蔵の警固を買って出たのも、危険な場に女の身で赴いたのも、すべて当人たちの招いたこと。千人同心が責を問われることとは違う。

かかる結論を千人頭たちが合議の上で出した以上、一介の組頭にすぎない蔵六が異を唱えるわけにはいかない。

与えられた使命は増田道場一門の総力を挙げ、取り引きの場に現れた瀬上久作と刺客どもを殲滅《せんめつ》すること。そのためには斗機蔵を敢えて泳がせ、寸前まで好きにさせておく必要がある。

屋敷を飛び出した斗機蔵が斎藤弥九郎の手を借りて、高尾山まで赴いたことは承知の上。どうしたものかと薬王院側から知らせが入ったのだ。

蔵六の本音としては馬鹿げた取り引きなど即刻中止させ、明日をも知れぬ身の斗機蔵を安静にさせ、家人ともども看取《みと》ってやりたい。

されど、仲間の総意に逆らうわけにはいかなかった。

その点は斗機蔵の妻子たちも承服している。

蔵六の役目は、千人同心の名誉を守ること。断じて仕損じるわけにはいかない。

賊を倒すのも斗機蔵を連れ帰るのも、半蔵と佐和を見殺しにするのもやむを得まい。

事を為すためには、半蔵と佐和を見殺しにするのもやむを得まい。

招集した門下の面々にそう言い聞かせ、因果を含めてあったが、まだ蔵六自身が迷っている。

このまま二人を死なせていいのか。

手塩にかけて育てた弟子と、一度は年甲斐なく心を奪われた佳人を、非情に見捨ててしまって良いのだろうか——。

(甘い……甘いぞ、蔵六)

胸の内でつぶやいても、自嘲《じちょう》するには至らない。

顔の筋が強張《こわば》り、頬が動かぬのだ。

縁側に射す夕陽がまぶしい。

きらめく陽の向こうから、おきぬがやって来た。

刺客の襲撃に恐怖し、半蔵を罵倒した邪気はすでに無い。素朴な顔には、後悔の色がありありと差していた。

「そなたか……何用だ」

「半蔵さんと佐和様をどうされるおつもりですか、先生」

「そなたの知ったことではないわ……」

不快そうに顔を背ける蔵六は、松本家での顚末《てんまつ》を承知の上。

これだから凡婦《ぼんぷ》は困る。

一時の感情でくだらぬ騒ぎを起こし、取り返しが付かなくなってから涙ながらに反省されても、後の祭りではないか。

「お願いします！　どうかお慈悲を！」

懇願の言葉が空《むな》しく響く。

言われるまでもなく、助けられるものなら放っておくまい。

だが、すでに方針は決した後。今さら何を言われても、どうにもならない。

取り引きの瞬間は刻一刻と迫りつつあった。


八王子宿から高尾山までは、ほんの一跨《ひとまた》ぎ。

江戸の民にとって手近な観光地である名山も、陽が落ちれば人気《ひとけ》が絶える。

復讐を望む者と受ける者、事を阻まんとする者たちがそれぞれ決意を抱き、夜の山道を登っていく。

瀬上久作の付き添いは誰もいない。

たくましい肩に佐和を担ぎ、半蔵を引っ立て、黙々と歩を進めている。

庄司一平と配下の刺客どもの姿は見当たらない。とても付き合いきれぬと愛想を尽かし、金を持って逃げ出した後だった。

裏切りに気付いても、久作は後を追おうとは思わなかった。

何の信条も持たぬ輩《やから》に加勢させたところで、結局は逃げ出すのがオチ。どうせ最初から当てにはできなかったと思えば、諦めも付く。

「どいつもこいつも愚かなことよ……」

自嘲を帯びた久作のつぶやきを、半蔵は黙って聞いていた。

半蔵はまったく危害など加えられていない。久作からは最低限だが食事と水も与えられ、足までは縛られず、用を足すときだけは手首の縄も解いてもらえた。

この男、必要以上に非道な真似はしないのだ。

だからといって、目的を遂げさせるわけにはいくまい。

久作が人質を取ったのは、斗機蔵をおびき出して斬るのが狙い。

蛮社の獄で助命されることなく死んでいった、蘭学者とその縁者たちの無念を晴らすため、血祭りに上げたいのだ。

愚かなことである。そんな真似をして、何になるのか。

久作が根っからの外道ならば、半蔵とて容赦《ようしゃ》はしない。

手首を縛られていても問題はなかった。

半蔵は縄抜けの術を心得ている。本職の忍びの者には及ばぬまでも、組み紐《ひも》で縛られた程度ならば抜け出すのは容易《たやす》い。

もしも佐和が不埒《ふらち》な真似をされそうになれば、即座に跳びかかって問答無用で叩きのめすつもりだった。

しかし、久作は何もしない。あれから気を失った佐和の尻を触るどころか手も握らず、誤解を招かぬように、ずっと半蔵の側近《そば》くに横たえてくれていた。

真人間であるならば更生の余地はある。

今からでも何とかしたい――。

「おぬし、本気か」

「……何じゃ」

唐突に半蔵から問いかけられ、久作はじろりと視線を向ける。

負けじと半蔵は言葉を続けた。

「おぬしは松本先生が万死に値する、許しがたき悪だと……そんなことを本気で思うておるのか?」

「当たり前じゃ。さもなくば、斯様に大それた真似などするものか」

答える口調は真剣そのもの。覚悟の程が、ありありと感じられる。

半蔵は深々と溜め息を吐《つ》く。

ここまで腹を括《くく》った男に、何を言っても通じまい。

かくなる上は、力ずくでも止めるのみ。半蔵は、久作が佐和を盾にして暴挙に及ばんとしたときは、臆することなく素手で戦って倒すのだ。

異変があればいつでも縄抜けができるように、半蔵は周囲に気を巡らせる。

そこに足音が聞こえてきた。

三つの方向から近付いてくるのは斎藤弥九郎、増田蔵六、そして近藤周助。

示し合わせ、時を同じくして現れたわけではない。

約束の刻限より早く足を運ぶのは、武芸者の美徳。いつもの癖で、三人揃って四半刻前にやって来たのだ。

だが、この場に現れるべくして現れたのは、弥九郎と連れの斗機蔵のみ。

久作にとって蔵六、その蔵六にとっての周助は、それぞれ招かれざる客。

約束どおりに一人で足を運んだ蔵六はともかく、お駒と梅吉を連れてきた周助は完全に闖入者《ちんにゅうしゃ》だった。

「む……」

蔵六は久しぶりに再会した不肖の弟弟子——周助を見返す。

思いがけず顔を合わせても驚きの色ひとつ見せず、無駄なことは口にしない。

余計な邪魔をするな。

無言の内に目で語り、釘を刺したのみであった。

七

口火を切ったのは弥九郎だった。

「まずは人質をお返し願おうか」

斗機蔵を抱いたまま、久作に告げる口調は重々しい。

威嚇しているわけではない。あくまで自然に、腹の底から声を出していた。

応じて、久作は半蔵と佐和を連れてきた。

佐和を肩に担ぎ上げたままなのは、相手の出方次第では引き渡さぬため。

弥九郎が斗機蔵を地面に下ろさないのも、同じ理由。

さらに今一つ、深刻な理由がある。

斗機蔵は、もはや虫の息。

言葉を口にするのも難しく、目で意思を示すのがやっとの有り様。久作が手荒な真似をすれば、この場ですぐさま息絶えてしまいかねない。

当の斗機蔵は取り引きをし、人質の二人を取り戻した後のことはまったく気にしていなかった。

しかも相手にすべてを委ね、好きにさせるつもりだという。

その気持ちは見上げたものだが、久作に勝手をさせてはなるまい。

刺客を差し向けたばかりか拐《かどわ》かしまで働き、平和な宿場町の治安を乱したことは許し難い。武州を管轄の一部とする韮山代官の江川太郎左衛門英龍に合力《ごうりき》する立場としても、暴挙を見逃すわけにはいかなかった。

久作と弥九郎は、それぞれ前に踏み出す。

半蔵と佐和は元の位置——つい今し方まで久作が立っていた、古木の下に取り残されていた。

斗機蔵がこの場に現れ、当初の目的は達せられた。

後は逃げるなり何なり、好きにすればいい。

(何と……)

思わぬ寛容さに、半蔵は拍子抜けした。

両手を縛った下緒をあらかじめ外し、袖で隠して分からぬように待機していたというのに、まさか解放されるとは。

弥九郎と久作は、徐々に間合いを詰めていく。

周助は無言で見守っている。

一方のお駒と梅吉は杉の木の下に走り、夫婦の縛《いまし》めを解きにかかる。

「無事でよかったねぇ旦那……って、なんだい！　どこも縛られてなんかいないじゃないか！」

すでに両手が自由になっているのに気付くや、お駒はぷりぷりする。

「万が一に備え、縄抜けいたしたのだ。心配をかけてしもうて相済まぬ」

「いいじゃありやせんか姐さん。夫婦揃って何事もなかったんですからね」

佐和を楽にしてやりながら、お駒を取りなす梅吉だった。

そんなやり取りをよそに、蔵六はそっと合図する。

呼応して現れたのは、増田道場の門人衆。

久作を返り討ちにするため、選《え》りすぐった面々である。

本身の扱いに不慣れでは話にならぬため、陽の高いうちに全員特訓させた。

太く重たい木刀で日頃から培った手の内を活かし、振り抜いた刀身は柄をしっかり握って止めれば、誤って自分の足を斬ることもない。

まだ十分な出来であるとは言えまいが、何とか久作の退路を断ち、仕留める役に立ってくれることだろう。

だが、事は思惑どおりには運ばない。

「おおっと、野暮は止《よ》しねぇ」

おもむろに立ちはだかり、門人衆の行く手を阻んだのは周助。

告げると同時に手刀が走り、足刀が躍る。

驚きの表情を浮かべたまま、門人衆は倒れ伏す。日暮れぎりぎりまで稽古した試し斬りの腕前を、わざわざ披露するには及ばなかった。

収まらないのは蔵六だった。

「邪魔立てするか、うぬ！」

「大丈夫だよ。ちょいと手加減しといたから、すぐに目を覚ますだろうぜ」

「そんなことはどうでもいい！　余計な真似をしおって！」

激怒しながらも、蔵六は周助に詰め寄れない。

久作と弥九郎が、同時に刀を抜いたのだ。

「エイ！」

「ヤッ！」

キーン。

裂帛《れっぱく》の気合いに続き、金属音が高らかに上がる。

両手がふさがっていたはずの弥九郎が抜刀し、強敵に立ち向かえたのは半蔵が機敏に駆け寄り、斗機蔵を抱き取ったからである。

佐和の介抱をお駒と梅吉に任せ、恩師を保護しに走ったのだ。

「は、半蔵か」

「幾重にも御詫び申し上げまする、先生……」

朦朧《もうろう》とする斗機蔵を、半蔵は力強く抱いていた。

一方の弥九郎は、最初から久作と対決するつもりだった。

あるじの渡辺崋山に心酔する余りにしでかしたこととはいえ、罪は罪。

これほどの事件を引き起こした以上、当人も生き延びるつもりはあるまい。ならば武士と武士として対決し、引導を渡してやりたい。

「それがしは松本殿の名代。恨みを晴らしたくば、存分に参れ」

「応っ」

答えるや、久作は猛然と押してくる。

負けじと弥九郎が押し返す。

鎬《しのぎ》を削り合う二人をよそに、蔵六は周助と激突していた。

こちらは刀を抜いていない。

互いに鞘に納めたままで、柄を振るって戦っている。

「ヤッ!」

「トォー!」

飛び交う気合いは、肌身を裂かんばかり。

打撃の鋭さも尋常ではない。

天然理心流で学び修めたのは剣術のみで、柔術と棍術までは皆伝できていない周助だったが、後の世に『柄の事』として伝承される、刀の一部を使った当て身の腕は完璧。年嵩《としかさ》で格上の蔵六を相手取っても、引けを取らない。

「うぬっ、生意気な……！」

「へっ、出しゃばりなのは昔からだぜ！」

舌戦を交えながらの攻防は打ち続く。

と、闇の向こうから尾を引く金属音。

キーン……

久作が刀を打ち払われたのだ。

「御免」

その場にひざまずくや、脇差を抜く。

すかさず弥九郎は側面に廻り、振りかぶった刀身を一閃《いっせん》させた。

敵ながら天晴れな、ひとかどの男と認めればこそ、謹《つつし》んで介錯したのである。

敗者に礼を尽くした上で血刀《けっとう》を納め、弥九郎は粛々《しゅくしゅく》と去っていく。

「覚悟の自害か……見上げたもんだぜ」

蔵六の柄を押し返し、周助は感服の一言。

「あれでも罪に問うつもりかい、え？」

「不問に付そう……」

答える蔵六は仏頂面。

口惜しい限りだったが、周助の言うとおりにせざるを得ない。

千人同心の名誉を守る上でも、今宵の事態は表沙汰にはできかねる。

ともあれ、一刻を争うのは斗機蔵を連れ帰ること。

任せられるのは一人しかいない。

「お任せくだされ！」

このまま助からぬまでも、せめて畳の上で安らかに逝《い》かせたい。

命を懸けて救いに来てくれた恩に報いるべく、半蔵は一心に駆ける。

懸命な姿を、お駒はまぶしげに見送っていた。

「誰のためにでも一所懸命になれるんだねぇ、旦那って……」

甘い口調でつぶやくのを、佐和は敢えて咎《とが》めなかった。

ここにも一人、半蔵に好意を寄せる女人がいる。

しかし、おきぬに比べればまだ許せるし、微笑ましい。

お駒が半蔵と接する態度は、兄を慕う妹に似ている。身近で頼れる異性と見なしているだけならば一向に構わぬし、佐和は佐和で、近頃はお駒を可愛いと思えていた。

と、梅吉は小声で告げてくる。

「そろそろ引き上げやしょうぜ姐さん。お二人も無事でしたし、長居は無用でさ」

「そうだねぇ、急がないとまた夜が明けちまう……それじゃ奥方様、お達者で！」

うなずき合った二人は佐和に一礼し、足音を忍ばせて走り去る。

そんな三人をよそに、半蔵はひたすら駆け続ける。

見る間に小さくなっていっても、懸命な動きだけでは止まらない。

見送る周助は満足げだった。

「ほんとに自慢の弟弟子だよなぁ……そうは思わねぇかい、え？」

蔵六は答えない。

気を失った門人衆に一人ずつ、仏頂面のままで活《かつ》を入れていく。

「手伝おうかね」

「いらぬ」

「まぁまぁ、今日ぐれぇは仲良くしてくんな」

めげることなく、周助は手近に転がっていた門人を抱き起こす。

肩を抱えて胸を拡げ、蘇生させていく手際は慣れたもの。

技の皆伝こそできていなくても、柔術の基本を踏まえた活の入れ方がしっかり身に付いていた。

「もういいぜ、眠らせちまって悪かったなぁ」

最後に目を覚まさせた門人の尻をポンと叩き、周助は笑顔で送り出す。

そんな周助を横目に、蔵六はぼやかずにいられない。

「……儂はおぬしのそういうところを好まぬのだ。昔から万事器用でありながら真面目にいたさず、道化になるばかり……大勢を敵に回してまで、何故《なにゆえ》にふざけたがるのだ？」

「三代宗家を名乗ったことかい」

「今からでも間に合う。諸先生に詫びを入れて返上いたせ」

告げる蔵六の口調は真剣そのもの。

図らずも再会した弟弟子の身を、今や真摯《しんし》に案じていた。

しかし、周助は応じない。

「そいつぁ勘弁してくんな。やっとの思いで掲げた看板なのだぜ？」

「されど、このままでは武州に根を張れぬぞ」

「調布から日野辺りまで出稽古するのを大目に見てくれりゃ十分さね。後は江戸の小せぇ道場でコツコツやっていくさ」

「欲のないことだ……」

「夫婦して食っていけりゃ、それでいいのさ。実入りが良くなったら、後継ぎを兼ねて内弟子《うち》を取るとしようか」

「わが門人には目を付けるでないぞ」

「もちろんさね。お互いに上手くやっていくとしようかい」

嫌みにも動じることなく、周助は微笑む。

この軽妙洒脱《しゃだつ》な三代宗家は武州育ちの近藤勇《いさみ》、土方歳三《ひじかたとしぞう》、井上源三郎《いのうえげんざぶろう》らを門下に加えて薫陶し、新選組の礎《いしずえ》を作った功労者。天然理心流と試衛館の名を日の本じゅうに轟《とどろ》かせることになるとは、まだ誰も知らなかった。

八

斗機蔵の初七日はしめやかに過ぎ、九月も今日で二十日。

半蔵と佐和は挨拶を済ませ、八王子宿を後にした。

「高尾のお山も今日限りですね、お前さま」

「いずれまた参ろうぞ。さ……」

街道から振り仰ぐ佐和を、半蔵はそっと促す。先を急ごうとしながらも、愛妻の気分を害さぬように、気を配るのは忘れない。

世の中に、人の情ほど扱いにくいものはあるまい。

ひとたびこじれれば、ねじれにねじれてどうにもならない。

半蔵も佐和も、こたびばかりはさんざん躍らされた。夫婦の仲もこれまでかと思えたが、どうにか窮地を脱し、命の危機からも何とか生還できた。

何事も二人と拘《かか》わった、善悪それぞれの人々の行動の結果である。

いつの世も、出会いには別れが付きもの。

別れを惜しむ気持ちが後ろ向きに働き、周りを不幸にしてはいけない。おきぬも新たな出会いを期し、前向きに生きてほしいものだ。

そう祈りながらも、佐和は念を押さずにいられない。

「未練はございませんね、お前さま？」

「当たり前だ。どうせ肝を冷やすなら、そなたのほうがいい」

「まぁ、小憎らしいことを！」

佐和は半蔵の袴に手を伸ばす。

「痛《いた》、たたた」

ぎゅっと尻をつねられ、半蔵は悲鳴を上げる。

秋も深まる甲州街道での一幕だった。

この作品は２０１２年９月双葉社より刊行された『算盤侍影御用　婿殿帰郷』を加筆修正し、改題したものです。

徳間文庫

婿殿開眼七

郷里《きょうり》にて

2020年4月15日 初刷

著者 牧《まき》秀《ひで》彦《ひこ》

発行者 小宮英行

発行所 東京都品川区上大崎三—一—一 〒141—8202
目黒セントラルスクエア
株式会社徳間書店

電話 編集〇三(五四〇三)四三四九
販売〇四九(二九三)五五二一

振替 〇〇一四〇—〇—四四三九二

印刷
製本 大日本印刷株式会社

ISBN978-4-19-894552-7 (乱丁、落丁本はお取りかえいたします)

徳間文庫の好評既刊

牧 秀彦

中條流不動剣三

金色の仮面

書下し

ほろ酔いの塩谷隼人主従は川面を漂う若い娘を見かけた。身投げかと思いきやおもむろに泳ぎ出す姿は常人離れしている。噂に聞く人魚？　後日、同じ娘が旗本の倅どもに追われているのを目撃し、隼人は彼らを追い払う。難を逃れた娘は身の上を語り始めた……。

牧 秀彦

中條流不動剣四

炎の忠義

書下し

〝塩谷隼人は江戸家老を務めし折に民を苦しめ私腹を肥やすに余念なく今は隠居で左団扇――〟。摂津尼崎藩の農民を称する一団による大目付一行への直訴。これが嘘偽りに満ちたものであることは自明の理。裏には尼崎藩を統べる桜井松平家をめぐる策謀が……。

徳間文庫の好評既刊

牧 秀彦

中條流不動剣㈤
御前試合、暗転

書下し

江戸城で御前試合が催されることとなり、隼人が名指しされた。隼人以外は全員が幕臣、名だたる流派の若手ばかり。手練とはいえ、高齢の隼人が不利なのは明らか。将軍のお声がかりということだが尼崎藩を貶めようと企む輩の陰謀ではあるまいか……!?

牧 秀彦

中條流不動剣㈥
老将、再び

書下し

隠居の身から江戸家老に再任された塩谷隼人だが、藩政には不穏な影が。尼崎藩藩主松平忠宝、老中の土井大炊頭利厚は、実の叔父と甥の関係。松平家で冷遇され、土井家に養子入り後に出世を遂げた利厚は、尼崎藩に大きな恨みを抱いていたのだった。

徳間文庫の好評既刊

牧 秀彦

松平蒼二郎始末帳五

宿命狩り

やはり潮時なのかもしれぬな……。松平定信の密命で暗殺を行う刺客として生きてきた蒼二郎。しかし今は市井の民のための闇仕置にこそ真に一命を賭して戦う価値がある――そう思い始めていた。父と決別した蒼二郎であったが新たな戦いが待ち受けていた。

牧 秀彦

松平蒼二郎無双剣一

無頼旅

奥州街道を白河へと下る松平蒼二郎。かつては実父である白河十一万石当主松平定信に命じられ悪人を誅殺する闇仕置を行っていた。今はある壮絶な覚悟をもって、その地を目指している。蒼二郎が守らんとする母子は、蒼二郎を仇と思うべき存在であった。